아무튼, 보드게임

아무튼, 보드게임

심완선

위고

차례

나는 보드게임을 좋아하는 사람을 신뢰한다

『아무튼, 보드게임』같은 책은 누가 읽는 걸까? 보드게임과 책 양쪽에 긍정적인 감정을 품은 사람이지 않을까(제발 그런 사람이 많으면 좋겠다). 뒤에서 바로 드러나겠지만 나는 보드게임을 좋아하는 사람을 신뢰한다. 보드게임이 (기본적으로는) 타인과 직접 교류해야 하는 종류의 놀이라 그렇다. 보드게임을 좋아하려면 타인의 존재를 긍정해야 한다. 약속을 잡고, 게임을 고르고, 여가 시간을 소모하는 일련의 과정을 모두 수용해야 한다. 플레이어는 다 같이 즐거운 시간을 경험하기 위해 뜻을 모은다. 게임 안에서는 경쟁하더라도 총체적으로는 하나의 합의를 이룬다. 사람을 만난다는 수고를 들일 만한 놀이를 하자는 합의다. 홀로 즐길 만한 매체와 콘텐츠가 넘쳐 나는 지금 시대에 굳이 보드게임을 선택하는 이유는, 그것이 혼자서는 누리기 힘든 밀도 높은 즐거움을 선사하기 때문이다. 그리고 이를 즐기려면 어느 정도는 타인에게 우호적이고 개방적이어야 한다. 적어도 내가 믿기에는 그렇다.

너무 낙관적인가? 만일 당신이 보드게임 숙련자라면 내 말에 부합하는 경험을 떠올려주면 좋겠다. 나빴던 경험보다 좋았던 경험에 가중치를 두길 바란다. 반대로 당신이 보드게임을 잘 모른다면 내 믿음을 공유해주면 좋겠다. 나는 보드게임이 타인을 존중하는 놀이라는 점을 확고한 사실로 만들고 싶다. 참가자에게 아주 즐거운 경험을 선사한다는 점도 못 박고 싶다. 이런 태도를 당연하게 여기는 사람이 무수히 많아지길 원한다. 이에 맞춰 행동하는 사람이 늘어날수록 보드게임을 긍정적으로 경험하기도 쉬워질 테니까. 믿음을 사실로 바꾸는 자기실현적 예언의 원리다.

이 책에는 별로 쓰지 않았지만 나는 책을 좋아하는 사람도 신뢰한다. 동질감을 느끼는 한편으로 모종의 기대를 품는다. 낯선 사이에도 대화가 가능하리라는 기대감이다. 픽션이든 논픽션이든 책을 읽는 사람은 자신이 처한 일상 너머의 세상을 탐한다. 다른 사람의 관점, 이전에 몰랐던 정보, 사용해본 적 없는 문장을 받아들인다. 이는 물론 상당한 수고가 드는 일이다. 하지만 움직이지 않고 살면 체력이 줄어들듯, 밖을 바라보는 연습을 하지 않으면 시야가 좁아진다. 밖을 보는 방법이 꼭 책이어야만 할 필요는 없다. 다만 책은 전통적으로 독자들의 세상을 열고 잇고 키우는 일을 했다. 책장에 축적된 이야기는 시간과 공간을 넘어 공통의 언어를 형성한다. 작가와 독자, 또 독자와 독자, 혹은 세상과 사람을 연결한다.

나는 20세기 말 이전을 살아본 적이 없지만 역사책을 읽는다. 재벌도 노인도 이민자도 되어본 적 없지만 사회과학책을 읽는다. 지구를 벗어난 적이 없지만 우주 시대를 그리는 SF를 읽는다. 나는 딱 내가 읽은 만큼 밖을 이해한다. 우리는 우리가 읽는 만큼 언어를 배운다. 어쩌면 서로를 설명해줄지도 모르는 언어를.

　'아무튼' 시리즈를 제안받았을 때 처음의 키워드는 '새벽 독서'였다. 편집부에서 내가 밤새 책 읽는 경험에 관해 썼던 에세이를 인상 깊게 보았다고 했다. 나는 듣자마자 그보단 '보드게임'에 관해 쓰고 싶다고 거꾸로 제안했다. 아무리 생각해도 내 영혼의 일부는 보드게임에 흡수되었다. 보드게임은 직업과 관련이 없다는 점에서 내게는 독서보다 더 순수한 취미다. 더 심각하게 중독됐다고 말할 수도 있겠다. 게다가 독서와 보드게임은 내게 뿌리가 같다. 둘 다 타인이 품은 세상을 만나는 일이다. 만남은 때때로 고충을 낳긴 하지만 근본적으로는 즐거움과 의미 있는 경험을 선사한다(두 번째 자기실현적 예언이다). 그렇다면 보드게임이 어떻게 즐겁고 어떻게 의미가 있는지 쓰고 싶었다. 더불어 내 삶을 어떻게 구했는지도 이야기하고 싶었다. 바꿔 말하면, 보드게임이 당신을 어떻게 도울 수 있을지도.

그러니까 『아무튼, 보드게임』이 많이 읽히면 좋겠다. 책이든 보드게임이든 만남을 긍정적으로 바라보는 사람이 다수라는 사실을 확인하고 싶다. 나아가 책이라는 매체가 줄곧 해온 일에 한 획을 보태고자 한다. 이 책이 여러분의 언어에 도움이 된다면 더 바랄게 없다.

조커가 보내는 오묘한 미소

나 같은 소심한 인간은 도박에는 맞지 않는다. 라스베이거스에 갔을 때도 나는 슬롯머신 한번 해보질 않고 돌아왔다. 기껏 바다에 가서 해변 산책만 하고 돌아온 셈이다. 포커를 하면 베팅보다는 패 맞추기가 재미있다. 어릴 적부터 룰렛, 칩, 주사위, 트럼프 카드에 익숙했는데도 그렇다. 그것들은 내게 장난감에 불과했다. 언제나 게임 이상의 영역으로 나아가지 못했다. 그래서인지 도박이 사람을 빨아들이는 모습을 보면 다소의 경계심과 약한 동경이 인다. 소원을 들어주는 사악한 초월자를 만나면 어떻게 할지 괜히 상상해보는 심리다. 라스베이거스가 생기기 전인 1861년, 미국 네바다주의 주지사였던 제임스 나이는 도박을 금지해야 한다는 강력한 주장을 펼쳤다. "저는 사람의 마음을 현혹하는 현존하는 사악한 행태 가운데, 도박이 최악이라고 생각합니다. 도박은 인간이 도저히 거부할 수 없는 매혹적인 것을 내세우기 때문입니다."[*]

"도저히 거부할 수 없는 매혹적인 것"은 그냥 돈이 아니다. 짜릿한 돈이다. 도박꾼에게 교환가치로

[*]   데이비드 G. 슈워츠, 홍혜미 외 옮김, 『도박의 역사』, 글항아리, 2022, 296면.

서의 돈은 비교적 중요치 않다. 돈이 불어나는 일, 그에 수반되는 자극이 끔찍하게 유혹적인 보상이다. 단요의 소설 『인버스』는 도박이나 다름없는 해외선물거래 시장의 면면을 말한다. "돈이 풍선처럼 부풀다가 터지고 다시 부푸는 데에는 사라질 일 없는 월급이 적금통장에 차곡차곡 모이는 것과는 다른 역동성이 있었다. 사람을 매혹시키고 사로잡는 역동성."*

　주인공은 한때 해외선물로 돈을 불려 "남부러울 것 없는 풍선탑"을 쌓았다. 탑이 터지는 건 한순간이다. 그녀는 손실을 보전해야 한다는 생각에 더욱 투자에 매달리지만, 다급한 마음 때문에 도리어 실패가 늘어난다. 통장 잔고는 더욱 줄어든다. 주인공은 자신이 경멸하면서도 동경하던 사업가에게 돈을 빌려 다시 투자에 뛰어든다. 그리고 자신이 시장을 그리워하고 있었다는 사실을 깨닫는다. 그것이 돈벌이 수단이기 때문만은 아니다. 몸부림치는 숫자를 붙잡아 탑을 쌓는, 위태로운 자극이 그리웠던 것이다.

　새로운 삶을 얻은 듯한 느낌이 영혼에
　갑작스러운 불을 틔운다. 되살아난 것이다.

---

*　단요, 『인버스』, 마카롱, 2022, 68면.

머리의 퓨즈가 합선을 일으킨 것이거나. 그
상태로 매매를 시작하면 이상한 간질거림이
심장을 뒤덮는다. 저번처럼 미친 척 굴어서는
안 된다는 생각과 그 상태를 다시 한번 겪고
싶다는 충동이 동시에 올라온다. 정신의 한계를
가늠해보듯이, 명확한 자리에서 끊지 않고 가만히
하락을 지켜보기도 한다. 파멸이 내 머리 위를
스쳐 가서 다른 누군가를 겨누는 순간, 불안과
희열이 뒤섞이고 분노는 스릴의 다른 이름이
된다….

　지난 여섯 달간 끔찍하게 여기면서도
그리워했던 것 중 하나가 바로 그
간질거림이었다.[*]

　간질거림. 그 매혹적인 감각 때문인지 도박꾼은
무슨 핑계를 대서라도 도박판에 붙어 있으려 한다.
돈을 땄을 때 단호하게 자리에서 벌떡 일어나질 못한
다. 오히려 그 돈으로 더 큰 돈을 노린다. 마찬가지로
돈을 잃었을 때 단념하기도 어려워한다. 그들은 손실
이 났으면 원금을 회복해야 한다는 이유로 계속 눌러

[*]　같은 책, 79면.

않는다. 그들 내면에서는 절대적으로 옳은 계산이다. 『인버스』의 주인공은 투기꾼들의 생활상을 서술한다.

자신이 전업 투자자라고 주장하는 투기꾼들은 자연스럽지 않은 방식으로 자연스럽게 검소해졌다. 1억 원이 있다고 덥석 외제 차를 사는 건 월급쟁이에게나 어울리는 발상이기 때문이다. 투기꾼들은 돈을 굴려서 두 배로 만들면 원금은 그대로인 채로 차가 생긴다고 믿는다. 하지만 2억 원이 생겨도 뭔가를 사는 일은 여전히 없다. 이제 4억 원을 만들 수 있는데 왜 그런단 말인가?*

그러나 도박꾼이 하는 계산은 믿을 만한 것이 못 된다. '도박사의 오류'라는 이름이 괜히 붙은 게 아니다. 동전을 던져 앞면이 연속해서 나왔다면 다음에는 뒷면이 나오리라 기대하는 것이 도박사의 오류다. 도박하는 사람의 이런 확신은 임의로 취사선택하는 정보와 왜곡된 추론, 막연한 희망에 기초한 것이다.** 해외선물 투자는 엄밀히 말하면 도박이 아니지

---

*   같은 책, 19면.
**   이홍표, 『도박의 심리』, 학지사, 2002, 39면(강심호,

만, 우연성이 막대하게 작용한다는 점에서 도박과 흡사하다. 사람들은 최선을 다해 미래를 예측한다. 대개는 잘못된 방향으로 계산한다. 다시 말해, 대개는 돈을 잃는다. 맞는 계산인지 아닌지는 돈을 버는지 아닌지로 판단된다. 러시아 작가 표도르 도스토옙스키는 「노름꾼」을 쓰기 전인 1862년 비스바덴의 도박장에서 큰 승리를 거둔 적이 있다. 그는 가족에게 무조건 돈을 따는 방법을 알아냈다는 편지를 썼다. 게임의 체계를 공들여 연구한 결과 베팅 요령을 알아냈다는 내용이었다.*

그는 이듬해 바덴바덴과 홈부르크에서 돈을 전부 잃었다. 도스토옙스키는 절망적인 심정으로 도박장을 전전했다. 그러다 상당한 돈을 따기도 했지만, 그럴 때조차 도박에서 벗어나지 못했다. 그리고 자신의 경험을 살려 「노름꾼」을 썼다. 소설의 주인공 알렉세이는 이름에 '룰렛'이 붙은 가상의 도시 '룰레텐부르크'에서 도박에 빠져든다. 도스토옙스키가 도박을 하다가 폴리나 수슬로바의 도움을 받았던 것처럼

『대중적 감수성의 탄생』, 살림, 2005, 15면에서 재인용).

* 표도르 도스토옙스키, 이재필 외 옮김, 『노름꾼 외』,
  열린책들, 2007, 264면 주석 참고.

알렉세이도 '폴리나'에게 도박 자금을 받는다. 결말에서 그는 마침내 폴리나의 사랑을 깨닫고 그녀에게로 떠날 수 있게 된다. 그러나 알렉세이는 여행 경비라는 여유 자금이 생기자마자, 과거 마지막 1굴덴을 도박에 걸어 170굴덴을 땄을 때의 느낌을 떠올린다. "홀로 타향에 와서 친척들과 친구들로부터 멀리 떨어져 있는 사람이 오늘은 뭘 좀 먹을 수 있을지 없을지도 잘 모르는 판에 마지막 남은, 정말로 마지막 남은 굴덴을 걸 때 드는 그런 느낌 말이다."* 그가 말하는 '느낌'은 앞에서도 묘사된다. 진작부터 그는 자극을 향한 갈증을 느끼고 있었다. "어쩌면 내 영혼은 수많은 느낌들을 거쳐 왔으면서도 그것들에 의해 충만되는 것이 아니라 자극만을 받은 채 완전히 진이 빠질 때까지 더 많은 느낌들, 더욱더 강렬한 느낌들을 요구하고 있었는지도 모르겠다."**

그렇다면 도박과 게임의 차이는 무엇일까? 「노름꾼」은 도박을 두 가지로 구별한다. 하나는 신사적인 도박이고, 다른 하나는 불한당이 일삼는 도박이다. 신사는 서슴없이 돈을 베팅할 수 있다. "그들은

---

*   같은 책, 470~471면.
**   같은 책, 422면.

순전히 놀이 하나만을 위해서, 재미 하나만을 위해서, 그리고 돈을 따고 잃는 과정을 구경하기 위해서만 돈을 거는 것이다."*

신사 쪽 참가자는 얼마를 잃고 얼마를 따는지에 연연하지 않는다. 짜릿함을 맛보기만 할 뿐 진정으로 판돈에 집착해서는 안 된다. 적어도 겉으로는 그래야 했다. 카지노의 전신인 '리도토'에 출입하던 부유한 사람들은 고상한 태도를 유지했다. "남성과 여성 모두(특히 귀족 남성)는 냉정하고 침착한 태도를 보여야 했는데, 참가자든 뱅커든 많이 잃었다고 해서 실망감을 조금이라도 드러내거나, 반대로 승리했다고 해서 흥분을 보이는 것은 금지되어 있었다."**

도스토옙스키가 「노름꾼」을 쓰던 19세기 카지노에서도 마찬가지였다. 고급스러운 자리일수록 사람들은 점잖게 행동했다. "베팅은 비교적 품위 있게 진행되었다. 감정이 겉으로 드러나는 일은 드물었으며, 승자든 패자든 속삭이는 것 이상으로 말을 하지 않았고, 테이블 주변에서 관전하는 사람들도 조용하

* 같은 책, 265면.
** 『도박의 역사』, 34면.

고 예의 바르게 대화를 나누었다."*

　　부유한 신사들처럼 밑천이 거덜 날 걱정이 없으면 어떤 도박이든 게임처럼 즐길 수 있다. 반대로 말해, 게임에서는 아무도 거덜 나지 않는다. 게임을 하면 골수까지 파고드는 짜릿함은 없지만 대신 모두가 걱정 없이 판을 즐긴다. 플레이가 끝나는 대로 손상 없이 현실로 복귀한다. 그것은 놀이의 대전제다. 어쩌다 포커판에 끼어 짜릿한 긴장감을 맛보고 온 친구 송승언은 '밑천'을 중심으로 도박과 게임을 구별했다. 도박에는 참가자가 실제로 지닌 돈이 중요하다. 도박판 바깥의 상황이 안에서의 베팅 방식을 좌우한다. 돈이 없는 사람은 쉽게 올인할 수 없다. 신경을 곤두세우고 신중해져야 한다. 반면 게임에서는 모든 참가자가 평등하다. 현실에서 얼마나 부유하든 상관없이 모두들 규칙이 명하는 대로 20골드나 300만 원을 들고 게임을 시작한다. 그리고 얼마든지 과감하게 투자에 나설 수 있다.

　　'루미큐브'에서 가장 과감한 플레이는 패를 마지막까지 아끼다가 한꺼번에 털어내는 것이다. 이 게임에서는 가장 먼저 자기 패를 바닥에 전부 내려놓는

＊　　같은 책, 86~87면.

사람이 승리한다. 나머지는 패배한다. 패자는 자기에게 남은 패에 그려진 숫자만큼 감점을 받는다. 7, 9, 13의 패가 남아 있었다면 29점 감점이다. 승자는 다른 사람들의 감점을 합친 만큼 승점을 얻는다. 그러니 마지막에 한꺼번에 패를 처리하는 것은 꽤나 과감한 수다. 계산이 어긋나 누가 먼저 승리하기라도 하면 엄청난 감점을 받고, 그만한 점수를 내주게 되기 때문이다.

게다가 손에 조커가 남아 있었다면 하나당 30점이 감점된다. 조커는 어느 숫자로든 활용할 수 있는 유용한 패다. 처치 곤란한 패와 함께 내려놓으면 딱 맞다. 그런데 루미큐브 규칙상 바닥에 내려놓은 패는 다른 사람들도 사용하는 공용 패로 변한다. 내가 쓰기에 편한 만큼 남들에게도 기회를 내주는 셈이다. 그렇다고 조커를 끝까지 간직하다가 패배하기라도 하면 감점으로 낭패를 본다. 한 방을 노리던 사람일수록 한 번에 망한다. 조커는 그런 사람을 향해 히죽히죽 비웃음을 던진다.

루미큐브의 조커 패에는 숫자 대신 얼굴이 그려져 있다. 정말이지 오묘한 웃음을 짓고 있는 얼굴로, 굵직하게 그려진 선 하나하나마다 풍파와 연륜이 느껴진다. 그것은 중년 남성처럼 보이지만 아닐지도 모른다. 대머리라고 다 남성이라 생각하는 건 편견이니까…. 정체가 무엇이든 솔직히 바라보기 부담스럽다. 인종적으로 낯설어서 거북하게 느껴지는 걸까? 하지만 조그마한 얼굴에 굳이 쌍꺼풀, 속눈썹, 미간 주름과 입가 주름까지 들어갈 필요가 있을까? 귀엽게 받아들이기엔 지나치게 구체적인 얼굴이다. 찾아보니 1950년대에 나온 초기 루미큐브에도 조커는 충분히 진한 얼굴을 하고 있었다. 현재는 속눈썹과 미간 주름까지 더해지면서 한층 강렬해졌다. 게임을 플레이하다 보면 아무래도 조커를 두고 이런저런 궁리를 하게 되는데, 집중해서 바라보고 있으면 조커도 나를 바라보는 느낌이 든다. 그것이 나를 바라보며 웃는다…. 마치 푸시킨의 「스페이드의 여왕」에서 스페이드 퀸이 주인공을 보고 웃듯이.

　「스페이드의 여왕」의 주인공 게르만은 검소해 보이지만 실은 탐욕이 들끓는 인물이다. 여유 자금이 없다는 생각에 도박을 참고 있을 뿐 도박을 통해 부자가 되고 싶어 한다. 그는 우연히 어느 늙은 백작 부인이 '파로'에서 반드시 승리하는 '3장의 비밀'을 알고 있다는 소문을 듣는다. 그가 하려는 '파로'는 카드 더미를 뒤집을 때마다 승리 카드와 패배 카드가 정해지는 간단한 게임이다. 다음에 나올 카드를 알면 확실하게 판돈의 두 배를 딴다. 게르만은 백작 부인을 협박해 비밀을 알아내려다 그녀를 놀래 죽게 만든다. 그런데 죽은 노부인이 게르만의 꿈에 나타나 속삭인다. '3, 7, A'라고. 게르만은 그녀를 '노친네'라고 욕하면서도 첫날 밤에 3, 다음 날 밤에 7 카드에 전 재산을 걸어 엄청난 성공을 거둔다. 그러나 마지막 밤에 나타난 카드는 A가 아니라 스페이드 Q다. 그는 한순간에 완전히 빈털터리가 된다. 카드에 그려진 퀸의 오묘한 웃음은 '노친네'의 얼굴과 겹치며 게르만을 미치게 만든다.

가진 돈이 하루 만에 천지 차이로 변하는 역동성은 분명 매혹적이다. 그래도 나는 도박의 바다에 뛰어들기보다 여전히 해변에서 산책이나 하고 물장구만 친다. 탐욕과 게임 중에서 고르라면 주로 게임을 고른다. 그래서인지 조커를 많이 쥐고도 아직 미치지 않았다(그것이 꿈에 나오면 그때부터 주의하기로 했다). 루미큐브에서 조커를 미리 내려놓기 어려운 이유는 내 승리를 붙잡고 싶은 마음 때문이다. 조커를 너무 쉽게 내놓으면 경솔하게 남 좋은 일 하는 기분이 든다. 내가 패를 내려놓자마자 달려들어 써먹는 사람들을 보면 함부로 행동하기가 두렵다. 다만 루미큐브는 패를 너무 아끼면 게임이 진척되지 않는다. 조커가 일찍 등장하면 게임의 흐름이 빨라진다. 야심찬 역전을 노리긴 힘들어도 게임이 쾌적해진다. 즐거움 측면에서는 큰 손해가 아니다. 도박과는 다른 계산법이다.

처음 '훌라'를 배웠을 때 생각이 난다. 초등학생 시절에 참가한 교회 여름 수련회 날이었다. 잠이 안 와서 숙소 지하의 휴게실에 내려갔더니 고등학생으로 보이는 남자애들 3명이 카드 게임을 하고 있었다. 판돈은 물이었다. 점수를 잃은 만큼 작은 물병을 가득 채워 물을 마셔야 했다. 그날 대판 깨진 사람은 한 번에 7병을 마셨다. 물을 너무 많이 마시면 목숨이 위험해진다는 문제가 있으므로 지금 생각하면 상당히 위험한 도박이었지만, 기본적으로는 건전한 놀이판이었다. 그들은 처음 보는 초등학생 여자애를 기꺼이 게임에 끼워주었다. 같이 놀 사람이라면 누구든 환영하는 듯했다. "도저히 거부할 수 없는 매혹적인 것"은 여기에도 있지 않을까.

세 명이 가면 재수가 좋다

믿음과 농담

20세기 영미권 미스터리를 보면 '브리지'에 푹 빠진 사람들이 나온다. 브리지는 4명이 하는 카드 게임의 일종이다. 참가자가 더도 덜도 없이 4명이어야 한다. 그러니 게임 좋아하는 사람은 여러 명이 모일 때마다 브리지를 할 기회라고 여긴다. 그들은 죽이 맞는 사람끼리 모여 밤새도록 카드를 돌리느라 살인 사건이 일어난 줄도 모른다. 이건 내 편견인데, 브리지 좋아하는 사람 중엔 범인이 없다. 그들은 게임하느라 바빠서 범행할 시간이 없다.

마찬가지로 중국 사람은 4명이 모이면 '마작'을 한다는 말도 있다. 마작도 워낙 인기와 전통이 있는 게임이다. 덕분에 마작 관련한 징크스도 발달했다. 연달아 패가 나쁘다는 등 운이 좋지 않다 싶으면 흐름을 바꾸기 위해 손을 씻어야 한다. 마작 테이블에서 동서남북 어느 방위에 앉아야 재수가 좋은지도 정해져 있다. 개개인의 사주팔자에 따라 좋은 궁합이 따로 있기 때문이다.

이런 법칙을 모두가 진지하게 믿지는 않지만 상당히 많은 사람이 솔깃해한다. 승패가 오가면 미신에라도 매달리고 싶은 것이 사람 마음 아닌가. 종교가 없는 사람이라도 주사위를 굴릴 때면 난수의 신을 떠올릴 수 있다. 난수의 신은 '어떻게 숫자가 그렇게 나오지?'에서 '어떻게'를 담당하는 신이다. 그분은 변덕스럽게도 당신의 주사위를 엉망으로 만든다. '지금까지 한 번도 20이 안 나온' 20면체 주사위는 신성한 기운이 축적된 상태이므로 결정적인 순간에 진가를 발휘할지도 모른다. 물론 신의 농간으로 경악스러운 숫자를 내놓을 수도 있다. RPG* 유저들은 게임을 위해 여러 주사위를 사용하므로 자신의 주사위에 이런저런 의미를 부여하곤 한다. 어떤 주사위는 신비로운 방법으로 특별하게 제작된 것이 틀림없으니 아껴두어야 한다. 중요한 순간에 원치 않는 숫자를 내놓는 나쁜 주사위는 감옥행이다. 인터넷에서 '주사위 감옥 (dice jail)'을 검색하면 다양한 상품이 나온다. 광고 문구는 이렇다. "불복종하는 주사위를 정화하십시

---

*   역할 수행 게임(Role Playing Game). 비디오게임과 구별해 테이블(Table)에 둘러앉아 한다는 의미를 덧붙여 TRPG((Tabletop Role Playing Game 혹은 Table-talk Role Playing Game)라고 부르기도 한다. 역할 수행이라는 말에 걸맞게 참여자들은 특정한 역할을 맡아 자신의 캐릭터를 연기하면서 대화 위주로 게임을 진행한다. 종이와 펜, 주사위가 주로 쓰이며, 주사위는 흔히 쓰이는 6면체 외에도 4면체, 10면체, 20면체 등이 있다.

오.”

　　이론적으로 주사위 굴리기는 독립시행이라 각 행위가 서로 무관하다. 이론상 그래야만 한다. 이전의 결과가 어떤 방식으로든 다음에 영향을 끼치리라는 생각은 '도박사의 오류'다. 그런데 현실은 오류 투성이다. 현실에서는 삼각형의 내각의 합이 180도가 아니고, 물이 100도에서 끓지 않는다. 평면이 아니라든가 불순물이 들어가 있다든가 하는 미세한 차이가 이론을 어그러뜨린다. 우리가 보통 사용하는 주사위는 그리 정밀하게 만들어지지 않는다. 정말로 높은 숫자가 잘 나오는 주사위가 따로 존재할 수 있다. 착한 주사위와 나쁜 주사위를 가르는 일은 의외로 게임에 효과적일 수 있다. '이상하게 눈이 잘 나오는데…?' 싶다면 그건 착각이 아니니까 당신의 감을 믿으시길. 이는 룰렛에서도 증명된 사항이다. 1873년, 조지프 재거라는 영국 기술자는 카지노의 어느 룰렛에서 특정 숫자가 자주 나온다는 사실을 발견했다. 그는 사람을 고용해서 해당 룰렛의 숫자를 전부 기록하라고 하여 일주일치 자료를 모았다. 그리고 특정 숫자가 잘 나오는 룰렛 앞에서 베팅하여 6만 파운드를 벌었다. 이후 카지노에는 개장 시간 전에 모든 휠을 테스트하는 규칙이 생겼다.* 카지노는 정기적으로 룰렛을 교체한다. 하지만 우리는 착한 주사위를 고이 간직할 수 있다.

보드게임으로 예시를 보태자면, 나는 '스플렌더'를 두고 음양오행을 논하는 경우를 보았다. 스플렌더는 보석이 그려진 카드를 이용해 점수를 얻는 게임이다. 빨간색 루비, 초록색 에메랄드, 파란색 사파이어, 흰색 다이아몬드, 검은색 줄마노라는 5가지를 사용한다. 그러니 오행의 조화가 있다는 것이다. 농담 같지만 일리가 있다. 보석 카드를 통계적으로 뜯어보면 비교적 자주 묶이는 색깔 조합이 존재하기 때문이다. 그러니 자기 손패와 상성이 맞는 조합을 찾아가야 유리하다. 나는 그 정도로 전략적으로 게임에 임하진 않지만, 스플렌더 대회에 출전하는 사람들은 마음가짐이 다르지 않을까.

생각해보면 미신과 과학에는 약간의 공통점이 있다. 둘 다 관측된 현상을 설명하려는 노력에서 파생되었으며, 다음에 일어날 일을 예측하거나 통제하려 하고, 세상을 이루는 진리를 담고자 한다. 경험적으로 확립된 미신은 때때로 유효하게 기능한다. 옛날

---

* 『도박의 역사』, 124~125면.

부터 산파들은 아기를 받기 전에 손을 깨끗이 씻어야한다는 것을 알고 있었다. 한때 의사들은 '신사의 손은 깨끗하다'며 산파의 방식을 미신처럼 취급했다. 바이러스나 세균의 존재가 입증되기 전의 이야기다. 한국의 경우 아기가 태어난 집에서는 금줄을 치고 출입을 통제했다. 이제 우리는 그것이 실제로 면역력이 약한 신생아와 산모를 보호하는 효과가 있었음을 안다. 마작을 하다가 손을 씻는 행위는 불운을 씻어내는 효과는 몰라도 기분을 전환하고 잠시 숨을 돌리는데 도움이 된다.

당연히 게임에 통용되는 미신이 모두 믿음직스럽지는 않다. 난수의 신이 아무리 매력적인 개념이라도 진심으로 신앙을 갖기는 어렵다(제발 그분께서 이말을 관대히 받아주시길!). 하지만 게임을 좋아하는 사람끼리 농반진반으로 주고받는 이야깃거리로는 사용할 만하다. 그렇게 따지면 게임에 달라붙은 미신도 엄연히 게임의 일환이다. 우리는 농담 안에서 마음껏 비과학적으로 굴 수 있다. 미신이 맞아떨어지는 순간에만 집중하는 확증편향을 지녀도 된다. 게다가 의기양양하게 한마디 덧붙일 수도 있다. "옛말에 틀린 거하나 없다."

완벽한 수

여기서 보드게임에 통용되는 자잘한 미신 이야기를 해도 재미있겠지만, 그보다는 인원수를 중심으로 실용적인 헛소리를 해볼까 한다. 보드게임 세상에 통용되는 격언이라 하면 '4명이 최적'이라는 말이 유명하다. 보드게임에서 '4'는 아주 안정적인 숫자다. 4명이 모이면 어지간한 게임은 다 도전할 수 있다. 이영도의 판타지소설 『눈물을 마시는 새』에는 "셋이 하나를 상대한다"는 오래된 격언이 등장한다. 보드게임 방식으로 바꿔보면 나 말고 게임에 참여할 사람이 셋은 있어야 한다는 뜻이다.

　하지만 셋을 모으는 일이 어디 쉬운가. 출처를 잃고 떠돌아다니는 또 다른 격언에 따르면 평생을 통틀어 친구가 셋이면 성공한 인생이라 했다. 이를 믿어서인지 페이스북은 한때 유저에게 친구 3명의 연락처를 요구했다. 바로 '신뢰할 수 있는 연락처' 기능이다. 비밀번호를 잊어버리거나 해킹을 당해 계정이 잠겼을 때, 계정을 되살리려면 내가 본인임을 증명해줄 친구 3명이 있어야 했다. 셋에게 메시지를 보내서 내가 계정 주인이라는 인증을 받아야 다음 단계로 넘어갈 수 있었다. 직접 겪어본 일이다. 당시 나는 계정만 만들어둔 수준이었기에 친구 목록이 변변찮아 메시지를 보낼 만한 사람이 없었다. 페이스북이 자동으로 추천해주는, 그러나 나로서는 데면데면한 사람들에게 갑자기 "페이스북에서 보낸 인증 코드를 알려주세요"라고 연락하면 얼마나 이상하게 보일까. 내겐 그것이 "이십대 여성인데 오늘 이사 와서 외로워요" 하는 스팸메시지를 돌리는 일이나 다름없이 느껴졌다. 그날 나는 트위터에(절대로 'X'라고 부르지 않을 테다) 이런 내용을 썼다. "나는 페이스북을 안 하지만 어쩌다 3년 만에 로그인 해보는데 본인 인증을 위해 친구 3명에게 코드를 받아 오라고 한다. 아, 이놈아, 3년 만이라는 게 무슨 의미인지 모르냐고. 그런 친구들이 있으면 나까지 4명인데 내가 보드게임을 하지 페이스북을 하겠냐고."

4명보다는 3명 모이기가 압도적으로 쉽다. 넷은 더할 나위 없지만 셋이어도 충분히 재수가 좋다. 더욱이 의미심장하게도 숫자 '3'은 동서고금을 통틀어 완벽한 숫자다. 이를테면 수학과 철학이 멀지 않던 시절 초기 피타고라스학파는 '3'을 가장 고귀한 숫자로 삼았다. 자기 이하의 숫자를 모두 합해 자신이 되는 자연수이기 때문이다. '1'은 존재, '2'는 대립, '3'은 완전함의 상징이다. 옛말에 틀린 거 하나 없다(확증편향을 마음껏 즐기자). 근거는 많다. 기독교적으로 성부, 성자, 성령은 삼위일체로서 완전하고 온전한 하나를 이룬다. 삼재사상(三才思想)에 따르면 하늘, 땅, 사람의 천지인이 곧 만물이다. 셋은 곧 세계다. 불교에서 중생은 욕계, 색계, 무색계의 삼계를 윤회한다. 그리스 신들은 세상을 하늘, 바다, 지하로 나누어 다스리기로 했다. 삼라만상의 '삼'은 숫자가 아니라 수풀이 무성하다는 '삼(森)'이지만, 이 글자는 나무 3개로 구성된다. 나무가 셋에 이르면 온 세상을 뜻하는 말에 들어갈 자격을 얻는다.

사람도 셋이 모여야 탄탄하다. 게임에서 전투를 위해 파티를 짜려면 탱, 딜, 힐이 기본이다. 전위를 맡아 적들의 공격을 막는 탱커, 튼튼하지는 않지만 공격력이 든든한 딜러, 뒤에서 회복과 지원을 맡는 힐러 구성이다. 오래전부터 효과가 입증된, 보편적이고 안정적인 조합이다. 이런 구성은 플라톤이 『국가』에서 이상적인 국가의 모습으로 설파했던 바와 상통한다. 플라톤은 인간의 영혼을 구성하는 3요소에 따라 지혜, 용기, 절제라는 3가지 덕성을 정했다. 그리고 각 덕성을 국가의 통치자, 수호자, 시민의 역할로 연결했다. 여기에는 탱, 딜, 힐의 묘리가 담겨 있다. 통치자, 즉 탱커는 앞서서 길을 찾거나 지혜롭게 전술 판단을 내리는 역할을 맡는다. 수호자가 되는 딜러는 과감하게 용기를 내어 적에게 피해를 입히는 데 집중한다. 힐러는 절제의 미덕을 지니고 파티원들의 체력이 적절히 유지되도록 그들을 뒷받침한다. 구성원들이 자기 클래스에 맞는 미덕을 충실히 실천하면 정의가 구현된다. 과연 고전에는 진리가 있다.

동서고금을 아우르는 이러한 진리는 당연히 보드게임에도 적용된다. 애, 재, 개가 각기 알맞은 포지션을 맡아야 게임이 팽팽하게 돌아간다. 삼파전이라는 말이 괜히 있는 게 아니다. 『삼국지연의』가 괜히 사람들을 열광시킨 게 아니다. 3인 이상을 요하는 보드게임이 괜히 많은 게 아니다. 우리말에도 삼인성호 (三人成虎)라고, 셋만 입을 모아도 없던 호랑이가 생긴다지 않나. 셋이 힘을 합치면 우리는 가상의 호랑이를 만들며 놀 수 있다. 그러니 냉큼 게임을 시작할 일이다.

사람 셋이 모이면

플레이어가 둘에서 셋이 되는 순간 게임은 질적으로 달라진다. 세상에 1인용 보드게임이 있기는 하므로 혼자만 있어도 게임을 시작할 수는 있다. 2인부터는 생각이 깊어진다. 그리고 3인이 되면 비로소 다인용 게임의 가능성이 열린다. 나 아니면 너의 이분법이 사라지기 때문이다. 둘일 때는 완전 경쟁 상태이므로 선택의 여지가 제한되지만, 셋이 모이면 동맹과 배신의 길이 열린다. 잘 생각해보면 『삼국지연의』는 유비, 관우, 장비라는 3명의 도원결의로 시작해 위, 촉, 오의 삼파전으로 흐른다. 『1984』 속 세계는 오세아니아, 유라시아, 동아시아라는 거대한 3개의 세력으로 재편된다. 작중 설정에 따르면 삼자 구도가 형성된 후로는 어느 곳도 우세를 점하지 못하는 채로 전쟁이 고착된다. 어느 쪽도 너 죽고 나 죽자고 나설 수 없다. 섣불리 행동했다간 제삼자에게 뒤통수를 맞기 때문이다.

그렇게 앞날을 몰라야 게임이 재미있다. 변수가 생기고, 분위기가 달아오르고, 고려할 점이 많아진다. 대학생 시절에는 3명이 모이기가 어렵지 않았다. 동아리방에 가서 파티원을 모집하면 두세 명쯤은 금방 참가했다. 그때 나는 동아리방 한가운데 놓인 테이블에서 정말 많은 시간을 보냈다. 우리는 수업이 끝나면 별다른 약속 없이도 자연스럽게 동아리방에 모였다. 그리고 테이블에 앉은 인원이 3명을 넘으면 자연스럽게 보드게임을 시작했다. 참으로 건전한 중

독자들이었다.

참고로 그 동아리는 언론 비평 동아리였다. 그러니까 우리가 처음부터 보드게임을 하려고 모인 것은 아니었다. 누구 하나가 재미있겠다며 동아리방에 간단한 보드게임 하나를 두었을 뿐이었다. 도박중독에 빠지는 사람들도 처음에는 쉽고 간단한 것으로 시작한다. 가벼운 마음으로 두세 판 하고 나면 어느새 룰을 숙지하게 된다. 이기면 신나고, 지면 다음 판을 벼르게 된다. 남들이랑 왁자지껄 주거니 받거니 하는 과정도 즐겁다. 하루이틀 하다 보면 게임이 손에 익어 조금씩 실력이 향상된다. 사람이 모이면 자연스럽게 게임을 꺼내드는 '고인물'로 변하는 것이다. 그때는 몰랐지만 보드게임을 가능케 하는 3요소는 사람, 시간, 게임이다. 우리는 무럭무럭 레벨 업을 했다. 어느샌가 게임을 하는 시간, 게임의 종류, 게임에 열광하는 정도가 늘어났다.

우리 중독자들은 점차 세력을 키웠다. 새로운 희생양이 나타나면 "너도 한번 해볼래?"라는 말로 늪지대처럼 붙들었다. 마침 동아리방도 지하에 있었다. 그곳은 늘 살짝 눅눅하고, 서늘하고, 끈적거릴 정도는 아니지만 산뜻하지도 않은, 어딘가에 반드시 곰팡이가 있으리라 의심이 가는 곳이었다. 분기별로 대청소를 했지만 꿉꿉함은 사라지지 않았다. 그게 좋은지 나쁜지 말하기에는 너무 오랜 시간을 그곳에서 보냈다. 해가 떠 있을 때 집에 가는 날이 거의 없었으니까. 나는 선량한 여행자보다는 늪지의 괴물처럼 살았다. 생각해보니 동아리방에 있던 보드게임 중 3분의 1쯤은 내가 산 것이었다. 같이 할 사람이 있는 줄 아니까 야금야금 샀다. 그중 루미큐브는 정말 질리도록 했다(하지만 질리지 않았다).

루미큐브는 2명이어도 시작할 수 있지만 3명부터 흥미로운 게임이다. '고스톱'에 네 번째 사람은 필수가 아니듯이, 어떤 게임들은 삼파전이 최고다. 이 게임에서 플레이어는 차례가 돌아올 때마다 자신이 지닌 숫자 패를 규칙에 맞게 조합해 바닥에 내려놓는다. 다른 사람이 내려놓은 숫자 패도 조합에 쓸 수 있다. 자기 패도 중요하지만 타인이 내려놓는 패는 더 중요하다. 그런데 2명이 하면 바닥의 패에 변화가 잘 일어나지 않아 진행이 더뎌진다. 4명이 하면 너무 휙휙 바뀌어서 전략을 짜기가 어렵다. 3명이어야 창조, 유지, 파괴의 조화가 꼭 맞게 일어난다.

협력 게임에 속하는 '팬데믹'도 3명은 있어야 게임이 원활하게 돌아간다. 이 게임에서 플레이어는 전염병이 확산되는 것을 막으며 백신을 개발해야 한다. 모든 전염병에 백신을 개발하는 것이 공동의 목표인데, 게임 밸런스가 좋아서 효율적으로 움직여야 간신히 성공할 수 있다. 관건은 직업에 딸린 특수 능력을 최적으로 활용하는 것이다. 예를 들어 위생병은 전염병 큐브를 없애고, 과학자는 카드를 모아 백신을 개발하고, 운항관리자는 게임 말이 적절하게 이동하도록 돕는 데 유리하다. 이들은 말하자면 질병에 맞서 싸우는 탱, 딜, 힐, 곧 수호자, 공격자, 지원자다. 플레이어가 셋보다 적으면 게임에 사용되는 직업도 줄어들기 때문에 승리하기가 어려워진다.

참고로 RPG 룰의 하나인 '던전 앤 드래곤(D&D)'에서는 캐릭터의 성향을 두 개의 축으로 나타내는데, 각 축은 3가지 요소로 구성된다.* 플레이어 캐릭터끼리 성향이 불일치하면 드라마틱한 이야깃거리가 솟아나기 좋다. 서로 다른 인물이 모여야

---

* D&D는 유서 깊은 RPG로, 여기서는 인물을 만들 때 그의 성향을 정할 수 있다. 성향은 질서, 혼돈, 중립 중에서 하나, 다음으로는 선, 악, 중립 중에서 또 하나를 골라 결정한다. 예를 들어 '질서-선' 캐릭터는 규칙을 준수하며 이타적으로 행동한다. '중립-선' 캐릭터는 평범한 소시민에 가깝다. '혼돈-선'은 제멋대로 행동하되 남을 함부로 해치지 않는다.

갈등이 일어나고 상호작용이 강해지며, 또 서로를 보완하기 때문이다. 일찍이 공자는 삼인행 필유아사언(三人行 必有我師焉)이라 했다. 세 사람이 길을 가면 그중에 반드시 스승이 있다는 의미다. 여기서 삼인행의 원래 뜻은 '내가 두 사람과 가면'이었으리라는 해석이 있는데, 세월이 흐르며 '나'는 빠지고 그저 세 사람이 되었다고 한다. 이렇듯 공자님도 적어도 셋은 필요하다는 사실을 알았다. 나는 동아리 시절이 조금 그립고, 그때로 돌아가지 못하는 만큼 지금 만나는 사람들이 소중하다. 플레이 성향이 같지 않아도 함께 놀 수 있는 우리가.

친구 잃는 게임 아니에요!

우정 파괴 게임에 파괴당한 경험

'우정 파괴 게임'이라는 말을 들어보셨는지. 대중적인 게임 중에서도 상대를 견제하는 요소가 강하게 들어간 게임에 붙는 표현이다. '대중적'이라고 단서를 붙인 이유는 이 말이 대체로 보드게임과 서먹한 사람을 위해 쓰이기 때문이다. '뭐가 뭔지 잘 모르시겠다고요? 이 게임은 친구와 왁자지껄하게 대립할 수 있어요. 재미있겠죠?'라고 눈을 찡긋하는 것이다.

대중적이지 않은 게임도 서슴없이 플레이하는 사람은 '우정 파괴' 같은 수식어가 없어도 게임을 집는다. 그들은 게임 몇 개 하는 정도로는 우정을 잃지 않는다. 보드게임을 좋아하다 보면 마음씨가 비단결로 변하는 덕이다. 혹은 게임에서 펼쳐지는 협잡과 모략에 익숙한 사람끼리 플레이하게 되는 덕이다. 어느 보드게임 동호회 회원의 발언을 참고하면, "전략 게임 하는 모임 가면 남녀노소 안 가리고 서로 인사하고 2시간 동안 머리 쓰기 바빠"고 그들은 "대부분 자기가 가진 게임 하고 싶어서 안달 난 사람들"이다.* 게임에 집중할수록 플레이어 개개인을 향한 사

* "보드게임 동호회는 '불륜 성지'… 20대女 들어오면

적인 관심은 줄어든다. 친한 사이가 아니라도 게임을 하는 순간에는 좋은 플레이어 관계가 성립한다. 겪어보면 꽤 산뜻하고 기분이 좋다. 미국 프린트닌자 (PrintNinja)가 5백여 명의 보드게이머를 대상으로 실시한 설문조사에 따르면, 응답자의 41퍼센트는 보드게임을 낯선 사람과 플레이할 때가 있으며, 18퍼센트는 게임에 일반적으로 낯선 사람이 하나 이상 참여한다고 답했다. 모르는 사람과는 게임을 하지 않는다는 사람은 10퍼센트에 불과했다.* 이것이 한국 통계는 아니지만 그래도 게임을 공유하는 마음은 만국 공통이라 생각한다. 플레이어가 된다는 사실만으로 나는 사람들에게 환영받는다. 나도 게임하러 모이는 다른 사람들이 반갑다. 물론 친한 사이에 만난다면 게임으로 재미있게 놀 수 있어서 좋다. 보드게임을 하려고 모여 앉은 사람들 사이에는 암묵적 합의가 흐른다. 게임은 우리가 함께 시간을 들일 만한 놀이라는 합의다.

몸 빼앗긴다"(news1.kr/articles/5066385). 보드게임 동호회에서 불륜이 일어난다는 인터넷 게시글에 발끈하며 반박하는 사람들의 인터뷰가 담겨 있다. 게임을 향한 진정성이 느껴져서 흐뭇하다.

* printninja.com/board-game-industry-statistics

그래서 나는 우정이 어쩌니, 친구가 어쩌니 하는 말에 코웃음을 치곤 했다. 에이, 거짓말. 제가 게임을 몇 년을 했는데요. 우정 파괴라니요. 저는 한 번도 싸운 적이 없는데요. 게임 좋아하면 안 그래요. 그러나 논리적으로 따지면, 이제까지 경험하지 못했다는 사실이 그런 일이 일어나지 않는다는 증거가 되지는 못한다. 위험이 없다면 경고문은 생기지 않는다. 아무리 우스꽝스러운 경고문이라도 굳이 명시되는데는 이유가 있다. 커터 칼에 "칼날이 날카롭습니다"라든가 유아차에 "접기 전에 아이를 꺼내세요"라고 붙여줘야 한다. 경고를 만만하게 여겼다간 누군가 슬픈 일을 겪는다.

나는 코웃음 치던 과거가 무색하게도 친구들과 게임을 하다가 진심으로 발끈했던 적이 있다. 나와 같은 팀인 친구가 제대로 참여하지 않는다고 느껴서였다. "우리 팀이 이기려면 그렇게 플레이하면 안 되지!" 하필이면 친구를 닥닥 끌어모은 자리였다. 그날엔 '레지스탕스 아발론'이 몹시 하고 싶었다. '아발론'은 말하자면 마피아 게임과 아서왕 전설을 합친게임이다. 게임을 시작하기 전 플레이어들은 역할 카드를 받는다. 역할은 크게 두 팀으로 나뉜다. 선량한 시민에 해당하는 원탁의 기사들은 누가 악당인지 모른다. 마피아 같은 역할을 하는 악당 측은 자기 편이 누구인지 알고, 자기들 정체를 숨긴다. 기사 측을 속여 성배 탐색을 계속 실패하게 만들면 악당 측이 승리한다. 마피아 게임과 달리 아발론에서는 매 라운드에 원정대를 꾸려 성배를 탐색하러 떠난다. 기사 측은 성배 탐색을 총 3번 성공시켜야 승리한다. 다만 원정대에 악당이 끼어 있으면 그는 탐색을 실패하게 만들 수 있다. 만약 A, B, C가 원정을 떠났는데 결과가 실패라면, 그중 최소 한 명은 악당이라는 뜻이다. 사람들은 성배 탐색 결과와 원정대 조합을 토대로 추리를 펼친다. 근거가 있으므로 추리를 시작하기가 마피아 게임보다 쉽다. 서로의 두뇌 대결에도 화르르 불이 붙는다. 나는 그날따라 불이 붙어 있었다.

이 글을 읽는 사람 중에 그때가 언제인지 아는 사람이 있을 것만 같다. 어쩌면 다들 잊어버렸을지도 모른다. 슬프게도 나는 기억한다. 술이 문제였나? 아니면 알레르기가 발현하듯 나도 모르게 내면에 적립해온 꼰대력이 터진 걸까? 생전 게임을 하면서 그렇게 얼굴 굳힌 적이 없었다. 소리를 지르거나 화를 내진 않았고, 기분 상한 티가 나는 정도였지만… 그래도…! 이런 순간에 '내가 원래 안 그러는데'라는 말은 별로 소용이 없다. 한 번을 참지 못했기 때문에 나는 게임을 하다가 성낼지도 모르는 사람이 되었다. 정기적인 모임이었다면 다음에 수습할 기회라도 있었을 텐데 그날은 유야무야 그대로 마무리되었다. 다시는 그러고 싶지 않다. 친구는 소중하고, 보드게임 같이 해주는 친구는 심히 소중하다. 나처럼 다인원 게임을 좋아하는 사람에게는 더욱더 그렇다(기회가 생길 때마다 '보드게임은 재미있다'는 생각을 퍼뜨려 사람들을 차근차근 끌어들여야 6명, 8명, 12명짜리 게임을 할 수 있다). 물론 이런 속셈 때문이 아니더라도 매끄럽게 넘어가지 못한 점이 부끄럽다. 부끄러우니까 참회하는 마음으로 고백해둔다.

그런데 원인이 뭐였을까? 이전까진 괜찮았다가 왜 하필 그날 '우정 파괴'를 겪었을까. 게임의 승패 탓은 아니었다. 그간 숱한 게임에서 패배했지만 기분이 상한 적은 정말 드물었다. 패배는 씁쓸하고 분할 순 있어도 대부분 기분 나쁜 종류는 아니다. 아발론이 갈등을 유발하는 탓도 아니었다. 나는 그전에도 아발론을 여러 번 즐겁게 플레이했다. 생각해보면 역시 문제의 원인은 내가 게임에서 충분히 '빠져나오지' 못했다는 것이었다.

모두가 박수를 치며 정리할 수 있도록

조금 이론적인 이야기를 해보자. 『게임: 행위성의 예술』은 게임에 관한 탁월한 철학서다. 저자인 C. 티 응우옌은 여기서 게임의 목적과 목표를 구분한다. 먼저, 목적은 비교적 장기적이고 총체적인 동기로 작용한다. 친구와 즐겁게 놀고 싶어서 게임을 시작한다면 놀이가 게임의 목적이다. 반면 목표는 게임할 때만 생기는 단기적인 것이다. 아발론에서 기사 측은 악당을 배제하는 것이 목표다. 악당 측은 기사를 속이는 것이 목표다. 게임을 시작하는 순간 그 게임의 목표는 플레이어에게 중요한 문제가 된다. 나는 진짜 기사나 악당이 아니지만 게임 중에는 나의 인물 카드에 맞춰서 행동한다. 목표를 이루려고 노력하고, 규칙 내에서 최선의 행동을 고른다. 필요하면 거짓말도 동원한다. 그게 아발론을 플레이하는 방법이다.

목표를 수용하고 진심으로 승리를 추구하면서 우리는 게임에 곧잘 몰입한다. 그렇게 목표를 향한 달리기를 시작한다. 전력으로 달리는 동안 잡념을 지우듯, 게임에 집중하는 동안 우리는 새로운 역할을 맡고 낯선 행동을 취한다. 현실의 여러 고민은 잠시 보류된다. 질주가 끝나면 후련함과 약간의 허탈함,

황홀감이 찾아온다. '잘 놀았다'라고 말할 수 있는 순간이다. 목표 달성에 성공하든 실패하든 '잘 놀았다'가 이루어지면 게임을 하는 목적은 달성된다. 여기서 응우옌은 게임의 목표가 일회성이라는 점을 지적한다. 게임이 종료되면 목표는 의미가 없어진다. 우리는 얼마나 집중했든 게임이 끝나면 그 세계에서 빠져나온다. 목표, 역할, 전략 등등을 곱게 접어 게임판과 함께 테이블에서 치운다.

물론 게임이 끝나지 않아도 게임에서 빠져나올 수 있다. 우리는 언제든지 "자신을 도로 꺼낼 수도 있다."* 플레이어의 일부는 여전히 게임 밖에 있다. 게임을 하는 동안 우리의 정신은 내부와 외부를 자유롭게 이동한다. 나라는 사람 중에서 게임에 몰입하는 '내부 행위자'는 목표에 집중한다. 그는 어떻게든 이기려 한다. 게임 바깥에 남아 있는 '외부 행위자'는 목적을 잊지 않는다. 그래서 우리는 게임이 재미없다 싶으면 중간에 그만두자고 말하기도 하고, 다른 플레이어의 상태를 보아가며 일부러 져주기도 한다. 누가 짜증 나서 울음을 터뜨리거나 화를 낸다면 당연히 게

* C. 티 응우옌, 이동휘 옮김, 『게임: 행위성의 예술』, 워크룸프레스, 2022, 92면.

임을 멈춰야 한다. 목표는 언제든 버려질 수 있다. 게임의 목표가 우리의 정신을 압도하는 때는 우리가 그러도록 자신을 내어주는 동안뿐이다.

모든 플레이어가 자유자재로 목표를 버리진 않는다. 위의 설명은 응우엔에 따르면 '분투형' 플레이의 특징이다. 분투형 플레이를 원하는 사람은 게임 내에서 분투하기를 즐긴다. 승리를 진지하게 목표로 삼을지라도 그것을 목적으로 두지는 않는다. 나는 이런 설명에 마음속으로 열렬히 박수를 쳤다. 게임을 하는 동안 나는 진심으로 이기고 싶어 한다. 그런데 이기지 못하더라도 진심으로 만족한다. 게임에 몰입하는 경험이 충분히 목적에 부합하기 때문이다. 게임 밖으로 물러나서 그 게임이 얼마나 흥미롭고 새롭고 아름다웠는지, 내가 얼마나 정신없이 몰입했는지 곱씹으면 만족감이 차오른다. 승리에 실패한다고 놀이에 실패하는 것은 아니다. 분투형 플레이어는 게임이 끝나면 목표가 무의미해진다는 사실을 쉽게 받아들인다. 그리고 두려움 없이 다음 게임에 뛰어든다. 몰입과 후퇴를 경험해본 사람들에게는 매우 직관적이고 친숙한 과정이다.

아발론을 떠올려보면 아무래도 그날은 내가 플레이어 레벨이 낮았던 모양이다. 그 자리에는 보드게임을 낯설어하는 초보자가 많았으므로 사람들이 좌충우돌할 가능성도 컸다. 게임 규칙이 의도하는 바에 어긋나는 행동이 나올 확률도 높았다. 게임을 원활하게 진행하고 싶다면 나는 숙련자로서 가이드 역할을 맡아야 마땅했다. 다시 말해, 내부에 집중하기보다는 외부에 주의해야 했다. 그런데 게임이 너무 재미있어서 무심코 집중하고 말았다. 평기사로서 아발론의 안녕을 위해 열심히 머리를 썼다. 그래서 다른 플레이어의 돌발 행동이 게임을 방해하는 트롤링(trolling)*이라고 느끼고 '그렇게 행동하면 안 되지!'라는 태도로 반응하고 말았다. 남들이 게임을 제대로 이해하고 또 즐기고 있는지 충분히 확인하지 못한 채였다.

여기서 중요한 지점은, 보드게임은 나 혼자 재미있자고 하는 게임이 아니라는 점이다. 홀로 재미있으려면 굳이 보드게임을 할 필요가 없다.** 1인용 비디오게임이나 대개의 온라인게임에 비해 보드게임에서는 유독 다른 플레이어의 존재가 생생하게 느껴진다. 보통 테이블에 앉아 얼굴을 마주 보고 플레이하

---

* 본래 낚시 용어지만, 인터넷에서는 타인의 관심을 끌기 위해 일부러 화날 만한 언행을 하는 것을 말한다.

** 물론 1인용도 있기는 하지만 여기서는 2인 이상이 플레이하는 대다수 보드게임을 말한다.

는 덕이다. 내 기억에 정말로 즐거운 자리에서는, 사람들이 수를 겨루면서 한편으로는 농담을 던지고 역할놀이를 했다. 게임 안에서든 밖에서든 다양한 메시지가 풍부하게 오갔다. 나는 게임의 목표에 몰입하는 동시에 게임을 하는 목적에 충실할 수 있었다. 이렇게 게임에 결부되는 플레이어 간의 상호작용은 보드게임을 아주 매력적으로 만든다. 보통의 친교와는 다른 독특한 교류가 이루어진다. 나는 여기에 중독되어서 보드게임에 영혼을 바쳤다. 앞서 '우정 파괴 게임'이라는 수식어가 필요 없는 숙련자들을 소개했는데, 그들 상당수도 나와 마찬가지 이유로 보드게임에 빠져들었으리라 생각한다. 보드게임은 몰입하는 동시에 교류하길 요하는 놀이다.

그래서 분투형 플레이에 익숙한 사람은 페널티를 자처하는 등 승리를 스스로 저해하기도 한다. 실력 차이를 줄이기 위해 처음부터 승률이 낮은 조건을 고르는 식이다. 플레이어 구성에 따라서는 이쪽이 훨씬 재미있는 게임을 할 수 있다. 혼자만 손쉽게 이기면 좀 재미가 없다. 내리 지는 쪽도 재미가 없다. 응우옌은 주로 배우자와 게임을 플레이하는데 실력이 엇비슷한 때가 제일 좋다고 밝혔다. 자기만 잘하게 되는 것이 싫어서 필승법 연구를 일부러 피한다고도 했다. 요건은 모두 '분투'가 가능하도록 균형을 맞추는 것이다. 마음 놓고 전력으로 달릴 수 있도록, 그래서 게임이 끝날 때 모두가 정말 재미있었다고 박수를 치며 게임판을 정리할 수 있도록.

보드게임 모임은 도원결의다

같이 플레이하는 사람들의 행동은 보드게임을 재미있게 만드는 중요한 변수다. 플레이어들은 규칙을 따르지만 그렇다고 정해진 대로 움직이지는 않는다. 똑같은 상황에서도 누구는 전투를 회피하고 누구는 도박을 한다. 우리는 목표를 향해 달리며 서로의 경험을 다채롭고 복잡하게 만든다. 사람을 상대로 삼기에 생기는 예측 불가능한 요소들, 사람 하나하나가 품은 세계가 게임에 반영된다. 우연도, 사람도, 우리는 완전히 정복할 수 없다.

더군다나 명심할 점이 있다. 보드게임 모임은 도원결의다. 제각각으로 나타난 사람들이 한날한시에 한 장소에 모여 뜻을 같이하는 일이다. 학교를 벗어난 후로 줄곧 느끼는 점인데, 여러 사람이 게임을 하겠답시고 반나절썩 시간 내서 모이기는 무척 어렵다. 그에 비하면 성격이나 취향이 다르고, 친한 사이가 아니고, 게임을 사야 하는 등의 문제는 부차적이다. 게임보다 사람이 훨씬 귀하다. 게임은 여기저기서 팔지만 친구는 어디서도 팔지 않는다. 나는 보드게임 모임을 성사하기 위해서라면 짐을 싸 들고 이동하기를 가뿐히 해내는 편이다. 서울 시내 곳곳은 물론 울산에도, 태국 치앙마이에도 다녀왔다. 모르는 사람과 플레이하는 경우도 상관없다. 게임하느라 바빠 서로 인적 사항을 확인할 시간이 없다. 예전에 서울 동대문구에 있는 DCC*에서 열린 보드게임 플레이데이에 참석한 적이 있는데, 오후 1시부터 지하철 막차 시간까지 게임을 했다. 그런데 만난 사람들의 이름도 나이도 모른다. 마지막까지 함께 남은 3인만이 귀갓길에 약간의 신상을 주고받았다. 오로지 게임만 한 지 10시간은 너끈히 지난 후였다. 아주 만족스러운 시간이었다.

게임을 하다 보면 정말이지 누구를 어떻게 만날지 모른다. 이런 경험을 거듭하면 게임을 공유하는

---

* 다이스 앤드 코믹스 카페(Dice & Comics Cafe). 아주 많은 보드게임과 코믹스를 갖춘 곳으로, 음료는 물론 간단한 식사도 판매한다. 주로 TRPG 관련 이벤트를 개최하지만 보드게임 이벤트도 열고 있다. 예전 이름은 '다이스라떼'였다.

사람들에 대한 신뢰가 쌓인다. 비록 이기고 지고 경쟁하더라도, 즐겁고 후련한 경험을 하자는 목적은 공통되리라는 믿음이다. 플레이어는 서로를 공격하더라도 어디까지나 게임의 규칙에 따른다. 게임에서의 공격은 혐오 혹은 분노를 분출하는 행위가 아니다. 우리는 규칙을 지키며 같이 논다. 몰입과 교류를 바탕으로 일순간이나마 작고 단단한 신뢰의 공동체를 이룬다. 플레이어 사이에는 즐거움이라는 규약이 작용한다. 보드게임은 우정을 파괴하지 않는다. 오히려 마음씨를 비단결처럼 만들어준다. 플레이가 바람직하게 이루어지는 경우, 우리는 각자의 차이를 수용하고 서로 실력을 향상시키며 공동의 목적을 달성한다. 나도 더욱 좋은 플레이어로 레벨 업하고 싶다. 실컷 몰입하다가도 한발 뒤로 물러날 때를 아는 사람으로.

보드게임처럼 사람이 모이는 놀이에 통용되는 지침을 덧붙이고 싶다. "여러분의 목적은 재미있는 시간을 보내는 것입니다. 옆 사람을 존중하세요. 새로운 것을 시도하세요. 그리고 앞으로도 같이 놀아주세요."*

---

* RPG 전문 출판사인 '초여명'에서 무료로 공개한 「초여명 RPG 가이드」 일부를 참고했다.

당신의 플레이는 어느 유형인가요

딸을 내줄 생각은 없지만

집에서 닥치는 대로 읽던 책 중에 포커 게임 교본이 있었다. 두 권으로 된 『포커 알면 이길 수 있다!』였다. 빨갛고 파랗던 표지에 자신만만한 분위기의 제목이 아직도 기억난다. 그 책에서는 '세븐포커'나 '하이로우'를 비롯한 여러 종류의 포커 규칙을 소개하며 각 게임에서 승률을 높이는 요령을 에세이 형식으로 설명하고 있었다. 허세를 부릴 때가 언제인지, 패가 별로라면 언제 죽어야 하는지 등등. 필자의 자기 자랑도 살짝 곁들여졌던 것 같다. 당시 나는 열 살도 안 된 꼬마였으므로 그걸 실용서보단 이야기책처럼 읽었다. 문양과 숫자를 맞추어 패를 만드는 일에는 좀 신비스러운 구석이 있었다. 나는 공룡 이름 대신 카드 패를 외우며 자랐다. 연속되는 숫자 5장을 모으면 스트레이트, 문양이 동일한 5장을 모으면 플러시, 아무 조합도 이루지 못하면 노 페어.

그대로 포커 신동이 되어도 좋았으련만. 알고 보니 나는 게임을 좋아할 뿐 베팅에는 소질이 없었다. 마치 수업을 다 들었는데 이상한 농담만 머리에 남는 경우처럼, 그 책에서 기억에 남은 말은 하나다. "투 페어에서 풀 하우스를 노리는 사람에게는 딸을 주지 마라." 흔한 격언일지 몰라도, 딸내미로 태어난 꼬마 심완선에게는 난생처음 보는 말이었다. 아니, 갑자기 포커판에서 만난 사람한테 딸을 왜 주지. 딸한테 물어보지도 않고 마음대로 결혼시키느니 마느니 해도 되나. 딸이 무슨 판돈도 아니고. 자식이 먼저 좋다고 데려온 사람 됨됨이를 살피는 경우가 아니고서야, 안 되지 않나.

투 페어와 풀 하우스는 카드 한 장 차이지만 나올 확률은 서른 배 이상 차이가 난다.* 포커에서 같은 숫자의 카드가 짝을 이루면 원 페어, 그리고 페어가 두 쌍이면 투 페어다. 예를 들어 3, 3, 7, 7이 손에 들어왔다면 이 패는 일단 투 페어를 충족한다. 여기에 마지막으로 3이나 7이 더해져 3, 3, 3, 7, 7 혹은 3, 3, 7, 7, 7처럼 3장과 2장으로 묶이면 풀 하우스가 된다. 풀 하우스는 상당히 강한 패이므로 신분이 크게 상승하는 셈이다. 견물생심이라고, 투 페어를 들고 있으면 '혹시나?' 하는 기분이 든다. 포기하지 않고 마지막 카드까지 받아보고 싶어진다. 실력과 성격

---

*   52장의 카드 중에서 5장을 뽑아 투 페어가 될 확률은
    4.7539퍼센트, 풀 하우스가 될 확률은 0.1441퍼센트다.
    실제 게임에서는 다른 플레이어도 카드를 받으므로 확률이
    달라진다.

이 드러나는 순간이다. 참고로 나는 조기교육이 부질 없게도, '혹시나'에 걸어보곤 했다. 계산에 약하고 유혹에도 약한 탓이다. 어차피 남의 딸과 결혼할 계획도 없었다. 게다가 하지 말라는 소릴 들으면 그때부터 괜히 신경이 쓰이지 않던가(지금은 "포 플에 집착하는 놈에겐 딸을 주지 마라"라는 말이 신경 쓰인다. 같은 문양 4장을 들고 플러시를 노리는 경우를 말한다).

비록 내 포커 실력은 망했지만, 사윗감 혹은 배우자감을 게임으로 판단하는 데는 일리가 있다. 게임하다 성격 나온다는 말은 지극히 사실이다. MBTI가 유행하면서 자신의 성격유형을 이야기하는 경우가 엄청나게 늘었는데, 게임을 플레이하는 스타일도 성격검사로 사용할 수 있다. 보드게임에 영혼을 일정량 바친 사람으로서, 그리고 심리학 전공자로서, 나는 간소하게나마 보드게임 플레이 스타일에 따른 성격 이론을 세웠다.* 만족감, 경쟁심, 개방성이라는

---

* 내가 학부에서 심리학을 전공했다는 사실은 이 자칭 '이론'에 아무런 신빙성을 더해주지 못한다. 다만 내가 인간의 기질이나 행동을 분석하고 분류하는 데 관심이 있다는 점을 지지할 순 있다. 그리고 내 이론에 맞장구칠 준비가 된 사람들에게서 그럴싸하다는 반응을 끌어내는

3가지 지표로 플레이어를 설명하는 내용이다. 예를 들어 만족감을 게임 내에서 얻는 사람은 승리를 추구하는 모습을 보인다. 반면 게임보다 타인과의 상호작용에서 만족감을 얻는 사람은 놀이에 중점을 둔다. 이들은 다른 사람들과 함께 노는 방법으로서 보드게임을 즐긴다. 말하자면 '성취형'과 '교류형'이다.

　　MBTI처럼 성격유형을 나눈다면 내용을 전달하기가 쉽다. 그런데 심리학을 공부하면서 나는 MBTI를 향한 무시와 Big 5를 향한 감탄을 전수받았다.[*] Big 5는 인간의 성격을 5가지 요인으로 설명하는 모형이다. 그리고 성격이 스펙트럼이라는 점을 반영하여 점수제를 취한다. 예를 들어 MBTI는 사람을 외향형(E)이나 내향형(I)으로 구별하지만, Big 5에서는 그 사람의 외향성이 몇 점인지 계산한다. 요인마다

효과가 있다. 감사한 일이다.

[*]　심리학자들은 다른 심리검사들과 달리 Big 5가 이론적 근거가 명확하고, 구성이 체계적이라는 점을 강조한다. Big 5는 심리학 및 요인분석이라는 통계적 기법에 기반하여 만들어졌다. 요약하자면, 인간의 성격을 가리키는 단어를 모두 모아 비슷한 것끼리 묶이도록 정리했더니 총 5가지로 설명되더라는 내용이다. 5가지는 각각 외향성, 신경성, 우호성, 성실성, 개방성이다. 온라인에서 무료 검사를 찾아볼 수 있다.

세부 항목이 존재하기에 그가 어떤 방식으로 외향적인지도 확인할 수 있다. 똑같이 외향성 점수가 높더라도, '사교성'이 높은 사람과 '흥미 추구'가 높은 사람은 다르다. 솔직히 Big 5의 방식이 훨씬 설득력 있고 흥미롭다. 하지만 유감스럽게도 내가 여기서 주장하는 보드게임 이론은 그걸 흉내 낼 만큼 상세하지 못한 관계로(이것도 이론이라고 주장하다 보면 어느 열받은 연구자가 연락해주지 않을까? 기다릴게요) 단순하게 유형을 나누는 편이 어울린다. 나는 얼마 없는 학문적 소양은 버리고 작가의 일에 충실하기로 했다. 연구보다 경험과 통찰에 의지해 인간을 서술하는 일이다. 여러분, 보드게임 플레이어는 3가지 척도에 따라 총 8가지 유형으로 나뉘어요. 여러분은 어떤 유형에 속하는지 알아봅시다.

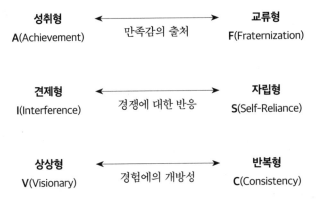

성취형
A(Achievement)
← 만족감의 출처 →
교류형
F(Fraternization)

견제형
I(Interference)
← 경쟁에 대한 반응 →
자립형
S(Self-Reliance)

상상형
V(Visionary)
← 경험에의 개방성 →
반복형
C(Consistency)

만족감: 승리냐 놀이냐, 무엇이 만족스러운지

보드게임으로 성격이 드러난다고 이야기했더니, 소중한 보드게임 친구이자 훌륭한 게이머인 송승언은 이렇게 말했다. 어딜 가든 이기려는 사람과 아닌 사람은 나뉘더라고. 만족감은 사람들이 게임에 임하는 기본 태도를 알려준다. 나는 분류하자면 '교류형(F)'이다. 게임을 좋아하기는 하지만 남들과 웃고 떠드는 과정에서 더욱 만족감을 얻는다. 분위기가 좋아지면 뿌듯하다. 혼자서는 보드게임 자체를 별로 생각하지 않는다. 이기면 즐겁지만 점수에 열중하고 싶지는 않다. 포커 플레이어가 되기에는 밍밍한 성격이다.

반대로 '성취형(A)'은 게임을 잘하고 싶어 한다. 무슨 게임을 하든 별다른 보상 없이도 진지하게 임한다. 상호작용을 싫어하지는 않지만 게임에서 성취를 거두는 일을 중요시한다. 자기 점수에 연연하고, 만약 경쟁심이 높다면 최선을 다해 승리를 추구한다. 몇몇 사람에게 이유를 물어봤더니 그래야 게임이 재미있지 않냐는 반응이 나왔다. 나로서는 이해하기 어렵다. 반대도 마찬가지일 것이다. 그게 바로 성격이 다르다는 의미니까. MBTI 유행의 최고 장점은 사람들이 타인을 보며 '성격이 다른가 보다' 하고 수

긍하는 경우가 늘었다는 점이다. 타인의 생각을 예민하게 알아차리는 친구 조보민이 언젠가 꺼낸 말인데, 덕분에 나도 '그런가 보다' 하고 넘어가는 경우가 늘었다.

게임 내에서 만족감을 얻는 성취형에게는 전략 게임이 어울린다. 이들은 점수를 효과적으로 얻으려고 전략을 수립하는 일을 좋아한다. 자기 역량을 발휘하여 성취를 거두는 과정을 즐긴다. 그러니 행동 패턴이 복잡한 게임이 좋다. 플레이어가 계산하고, 통제하고, 선택할 여지가 많기 때문이다. 말하자면 자유도가 높으면서 적절히 어려워야 한다. 집중해서 머리를 굴려야만 이길 수 있는 게임이어야 결과로 인한 성취감이 강력해진다.

이러한 밀도를 갖춘 게임 중에서 초보자에게 추천할 만한 게임은 '카탄'이다. 카탄이라는 좁은 땅덩어리에서 플레이어들이 자기네 영역을 확보하겠다고 아웅다웅하는 내용이다. 플레이어는 자원을 모아 마을을 지어야 점수를 얻는다. 플레이어끼리 자원을 거래하는 행동도 중요하다. 상대방의 급박함을 이용해 불균형한 거래로 폭리를 취할 수 있다. 카탄은 현재까지 40개 이상 언어로 4천만 개 이상 판매된 어마어마한 인기작이다. 확장판도 수십 가지에 달한다.

그러니 카탄 하나만 잡아도 주야장천 게임을 할 수 있다. 워낙 팬이 많다 보니 세계 곳곳에서 대회가 개최되는데, 한국에서도 '2023 카탄 그랑프리'가 열렸다.

만약 경쟁을 좋아하더라도 공격적으로 행동하기가 부담스럽다면 '스플렌더'나 '테라포밍 마스'가 낫다. 플레이어끼리 견제하는 행위가 카탄에 비해 간접적이다. 스플렌더는 르네상스 시대의 상인이 되어 보석을 구매하고 그것으로 점수를 내는 게임이다. 규칙이 단순해 초보자도 쉽게 시작할 수 있고, 숙련자일수록 치밀한 전략을 짜는 일이 가능하다. 테라포밍 마스는 우주개발 시대의 기업이 되어 화성에서 점수를 얻는 내용이다. 플레이어들은 공동으로 테라포밍, 즉 화성을 지구처럼 인류가 생활할 수 있는 환경으로 변화시키는 가운데 각자 사업을 벌인다. 손에 들어온 카드를 잘 골라서 자기만의 자본을 구축하는 것이 관건이다. 게임 규칙은 처음 익힐 때는 복잡한 편이지만, 개인적으로는 카드 덕분에 진입 장벽이 낮았다. 둘 다 역시나 한번 익숙해지면 거듭해서 플레이할 만한 게임이다.

교류형에게는 대화가 많은 게임이 적합하다. 다른 플레이어들과 교류하는 중에 성취감을 얻기 때문이다. 교류형인데 공격도 마다하지 않는다면, 심리전이 중심이 되는 블러핑 게임을 권한다.* 나는 '바퀴벌레 포커'를 아주 요긴하게 써먹고 있다. 이 게임에서는 상대방에게 '바퀴벌레' 카드를 내밀면서 진심 어린 목소리로 "이건 파리야"라고 말할 수 있다. 상대방은 카드 내용을 모르는 채로 내 말이 거짓말인지 아닌지 맞혀야 한다. 구조가 간단한 만큼 게임 내적 요소는 별로 없다. 플레이어들이 주고받는 메시지가 주된 비중을 차지한다. 그만큼 상호작용이 긴밀하게 일어난다.

주사위를 많이 쓰는 게임도 교류형에게 밀어주고 싶다. 성취형은 주사위처럼 우연한 요소로 손해를 입으면 그걸 자신이 해결해야 할 장애물이라고 여긴다. 때로는 주사위가 게임의 완성도를 떨어뜨린다고 느끼기까지 한다. 반면 교류형은 손해에 상심할 수는 있어도 그로 인해 웃음이 터진다면 만족감을 얻는다. 분위기를 띄우기 위해 오히려 손해를 자처하기도 한다. 전개를 예상하기 어려운 난장판을 좋아할 수도 있다. 그쪽이 즐겁기 때문이다.

＊　게임에서 자신의 패를 숨기고 상대를 속이기 위해 허풍을 떠는 전략을 '블러핑(bluffing)'이라고 한다.

그럼 누구와 게임을 하면 좋을까? 성취형 플레이어와 함께하면 게임이 효율적으로 진행된다. 쾌적하게 게임을 경험할 수 있다. 어려운 게임을 할 때 최고다. 이것이 희망적 시나리오다. 그러나 어떤 이들은 자기 플레이에 치중해 다른 플레이어를 불편하게 만든다. 너무 오랫동안 고민해서 다들 기다리게 하거나, 지나치게 자기중심적인 태도를 보여 갈등을 빚는 경우다.

교류형과 모이면 자리가 화기애애해진다. 설령 조용한 사람이라도 교류형은 기본적으로 자신의 성취보다 타인과의 상호작용에 힘쓴다. 편안하게 혹은 신나게 놀 수 있다. 하지만 어떤 이들은 다른 사람들이 게임에 집중하지 못하도록 방해한다. 자꾸 게임과 관련 없는 말로 주의를 돌리거나, 자기 차례를 마구잡이로 진행하는 식이다. 그러면 남들의 게임 경험을 망칠 수 있다. 특히 플레이어끼리 영향력을 주고받도록 만들어진 게임 안에서는 한 플레이어의 선택이 다른 플레이어를 제약하게 되어 있다. 이때 마구 행동하면 남을 생각 없이 가로막게 된다. 당하는 입장에서는 계획적으로 가로막는 경우보다 불쾌할 수 있다. 이는 보드게임과 성격 이야기를 하다가 송승언이 짚어준 점이다.

역시나 같이 게임하기 좋은 사람은 성취형이든 교류형이든, 보드게임 플레이에 성실한 사람이다. 보드게임은 게임과 플레이어 모두가 중요하다. 성실한 사람은 자기 플레이에 충실하면서 동시에 다른 사람들의 플레이도 중요하다는 사실을 숙지한다. 내가 생각하는 보드게임의 공통 규약은 다음과 같다. 첫째, 우리는 게임을 하기로 했다. 둘째, 우리는 즐겁기 위해 게임을 한다. 어떤 유형이든 이를 지키는 사람이 되고, 이런 사람과 만나자.

성취형(A)

○ 게임은 이기려고 하는 것이다.

○ 예상이 맞으면 짜릿하다.

○ 게임이 운에 좌우되면 싫다.

교류형(F)

○ 승패를 생각하면 피곤하다.

○ 내 승패보다 분위기가 중요하다.

○ 대화가 많을수록 즐겁다.

경쟁심: 견제할까 말까, 어떤 방법을 택하는지

사실 나는 카탄에 치를 떤다. 어디로 향하든 다른 플레이어와 충돌한다는 점이 싫다. 이왕 길을 건설한다면 '티켓 투 라이드'를 하고 싶다. 철도회사가 되어 도시와 도시를 잇는 기찻길을 만드는 게임이다. 카탄과 달리 이쪽은 북미처럼 넓은 땅을 무대로 삼는다. 그리고 시작 위치가 정해져 있지 않아서 어디서든 시작해 어디로든 향할 수 있다. 심지어 다른 플레이어와 충돌하는 일 없이 평화롭게 게임을 끝낼 수도 있다. 길이 겹치지 않도록 돌아가면 되기 때문이다. 물론 적극적으로 충돌할 수도 있다. 다른 플레이어의 길목을 일부러 선점하는 식이다. 딱 한 칸짜리 기차로 꼭 필요한 길을 막아버리면 얼마나 얄미운지! 이런 사람은 게임을 '우정 파괴' 현장으로 만드는 재주가 있다.

　　게임을 하면서 다른 플레이어에게 얼마나 간섭하는지도 성격이 갈리는 부분이다. 경쟁을 즐기는 사람은 타인의 플레이에 적극적으로 끼어든다. 바로 '견제형(I)'이다. 이들의 관심은 다른 플레이어에게 향한다. 남들이 지금 몇 점인지, 무슨 패를 들고 있는지, 목표가 무엇인지 항상 신경을 쓴다. 남들이 다음에 무슨 행동을 할지도 곧잘 예측한다. 이들에게 게임은 상대평가다. 남들의 점수에 따라 자기 위치가 상대적으로 결정되는 방식이다. 견제형은 경쟁 상황에 잘 적응한다. 때로는 방해 자체를 즐긴다. 특히 '성취-견제형'이라면 다른 플레이어의 계획을 절묘하게 방해하곤 한다. 앞서 말한 대로, '이기려 드는 사람들'이다.

　반대로 화살표가 자신에게 향하는 사람은 '자립형(S)'이다. 이들은 다른 플레이어를 견제하는 데 관심이 없다. 혹은 남과 충돌하는 일에 거부감을 느낀다. 경쟁을 좋아하지 않기 때문이다. 남들과 원만하고 우호적인 관계로 지내고자 한다. 그래서 남의 길을 막기보다 자신의 길을 이어가는 행동을 선호한다. 다른 플레이어와 거래할 때는 서로에게 이득이 되는 경우를 좋아한다. 자립형에게 게임은 절대평가 방식의 세상이다. 자립형은 개인 목표에만 골몰하고, 자신에게 앞으로 무엇이 필요한지에 몰두한다. '성취-자립형'인 사람은 점수를 낼 때 견제 요소가 적은 게임을 편하게 느낀다. '메이지 나이트'는 룰이 복잡하긴 하지만 그만큼 몰입감을 자극하는 게임이다. 자신의 영웅을 데리고 모험을 떠나는 내용으로, 1인 플레이가 가능해서 타인의 간섭 없이 서사를 구축할 수 있다. 방 탈출 게임인 '엑시트' 시리즈도 좋다.

경험상 '시타델'을 하면 견제형과 자립형이 나뉘는 모습을 볼 수 있다. 시타델은 중세 유럽 도시의 일원이 되어 건물을 짓는 게임이다. 라운드마다 직업을 선택해야 하는데, 이때 플레이어 성격이 드러난다. 자신에게 유리한 직업과 남을 견제하는 직업이 따로 있기 때문이다. 예를 들어 상인은 자기 차례에 금화를 추가로 획득한다. 반면 암살자는 다른 직업을 죽여 행동을 막고, 도둑은 남의 돈을 훔친다. 장군은 금화를 지불하고 남의 건물을 파괴할 수 있다. 나는 시타델을 숱하게 했지만 다른 직업에 비해 암살자, 도둑, 장군을 고른 적은 많지 않다. 남의 건물을 파괴한 적은 더더욱 드물다. 파괴는 내가 선호하는 선택지가 아니다. 남을 공격할 돈이 있으면 내 건물에 쓰고 싶다. 다들 알아서 차근차근 건물을 세우는 환경이 좋다.

그러나 한번은 시타델로 난장판을 겪었다. '교류-견제형' 플레이어가 모인 탓이었다. 이들은 적극적으로 파괴 행위를 선택했다. 건물을 파괴당한 사람은 남들도 당해봐야 한다며 새로운 파괴자로 변했다. 파괴를 파괴로 갚는 피의 복수가 이어졌다. 플레이어 하나는 아예 건물 짓기를 포기하고 남을 무너뜨리는

데 몰두했다. 아무도 비싼 건물을 세우지 않았다. 건물을 세우는 데 공을 들여 봤자 표적이 될 뿐이었다. 시타델은 누군가 건물 7개를 완성해야 게임이 끝나는데, 하마터면 플레이가 영원히 이어질 뻔했다. 싸구려 건물을 날치기로 후다닥 세운 플레이어 덕분에 겨우 끝을 보았다. 자립형 인간으로서는 나름대로 색다른 경험이었지만… 우정은 소중하니 또 겪지는 않으면 좋겠다.

나와 루미큐브는 열심히 했지만 시타델은 하지 않은 친구 김초엽은, 이런 이야기를 듣더니 어쩜 그렇게 성격이 다르냐며 신기해했다. 자신은 완전히 '성취-견제형'이라는 거였다. 게임을 하면 이기고 싶어 한다. 경쟁이 있으면 의욕이 솟는다. 남을 견제하도록 만들어진 게임이라면 거리낌 없이 견제를 활용한다. 실력을 키우기 위해 게임 잘하는 방법을 한 번쯤은 검색해본다. 반대로 '교류-자립형'인 나는 필승법이나 공략법을 찾는다는 생각조차 하질 않았다. 시타델을 못해도 몇십 번은 플레이했는데.

하긴, 나는 온라인게임에서조차 혼자 돌아다니길 좋아한다. 나에게 편안한 속도로 천천히 레벨을 올리고 싶다. 보드게임도 플레이어들이 느슨하게 연결되는 종류가 좋다. 경쟁과 견제가 심해지면 부담스럽다. 나보다 더욱 자립형으로 치우친 친구 박나림은 경쟁 요소가 들어간 게임을 일절 하지 않는다. 다행히 보드게임 중에는 플레이어들이 공동의 목표를 추구하는 협력 게임도 많다. '교류-자립형'은 물론 '성취-자립형'도 협력 게임을 좋아할 가능성이 크다. 덧붙여 견제형과 자립형이 모인다면 자립형에 맞춰 게임을 고르길 추천한다. 둘이 충돌하면 자립형이 기분 상할 우려가 있다. 자기 영역을 불필요하게 침해받는다고 느끼기 때문이다. 보드게임은 가벼운 카드 게임부터 장기전으로 흐르는 복잡한 게임까지 종류가 다양하니 선택지는 많다.

견제형(I)

○ 경쟁에 불타오른다.

○ 남이 물러나는 만큼 내가 앞선다.

자립형(S)

○ 견제가 내키지 않는다.

○ 거래는 서로 이득이어야 한다.

개방성: 상상이냐 반복이냐, 게임을 어떻게 하는지

경쟁심이 플레이어를 상대로 하는 지표라면, 개방성은 게임을 상대로 하는 지표다. 게임으로 인한 낯선 경험을 환영하는지를 말한다. 새로운 게임을 반기는지는 물론, 플레이가 변화무쌍하게 흘러가도 괜찮은지까지 포함한다. 경험에 개방적인 사람은 불확정적인 요소를 불편해하지 않는다. 오히려 흥미로워한다. 나는 Big 5로 말하면 개방성 점수가 평균보다 훌쩍 높고, MBTI로 말하면 느지막이 준비하고 즉흥적으로 결정하는 '인식형(P)'이다. 식당에서 음식을 주문할 때 이전에 먹어보지 않은 메뉴를 고르는 사람이다. 나는 내가 몰랐던 맛있는 음식이 나올 가능성을 높이 평가한다. 경험의 폭이 넓어지는 과정이 좋다. 보드게임을 고를 때도 해보지 않은 게임을 선호한다. 보드게임 세계를 더욱 많이 이해하고 싶다. 일상적이지 않으면 달갑고, 현실적이지 않은 것들에 매력을 느낀다. 개방성 지표에 따르면 나는 '상상형(V)'이다.

　반면 식당에서 마음에 드는 메뉴를 찾으면 그것만 시키는 사람이 있다. 나로서는 역시나 이해하기 어렵다. 때로는 직접 물어보았다. "그게 제일 좋을지 아닐지 모든 메뉴를 먹어보지 않고서 어떻게 알아?"
몇 명에게서 답을 들었다. "다른 메뉴를 골랐다간 실
망할 수 있잖아", "어차피 좋아하는 음식을 찾았으
니 괜찮아", "마음에 들었던 걸 먹고 싶어". 보드게임
에도 비슷한 말이 적용되는 듯하다. '아는 게임'을 하
고 싶다고. 이들은 이미 아는 것을 환영하는 '반복형
(C)'이다.

　　반복형은 보드게임을 하면서도 계속해서 정보
를 쥐려고 한다. 이들에게는 계획을 세우도록 만들어
진 게임이 어울린다. 반복형은 게임 진행을 예측하고
대비하는 태도를 취한다. 자신이 상황을 통제할 수
있어야 마음이 편하다. 예상이 맞으면 만족하고 어그
러지면 당혹해한다. 우연적 요소가 적을수록 좋다.
불확실한 것에 골머리를 앓는다. '성취-견제-반복
형'이라면 전략 게임의 천재가 될 수도 있다. '성취-
자립-반복형'이라면 하나의 게임에 통달할지도 모른
다. 다른 플레이어의 행동이 자신의 계획을 어그러뜨
리지 않는 게임이면 더 좋다. 이들과 조금 달리, '성
취-자립-상상형'은 다종다양한 게임을 섭렵하길 선
호한다. '교류-자립-상상형'인 나는 다양한 사람들
과 함께 다양한 게임을 경험하고 싶어 한다.

　　반복형과 상상형의 차이는 '마스카라드'를 하면

서 느꼈다. 마스카라드는 오리지널 기준 최대 13명까지 참여할 수 있는 떠들썩한 카드 게임이다. 플레이어들은 직업 카드를 한 장씩 받는다. 처음에는 당연히 자기 직업 카드가 무엇인지 안다. 그러나 금방 모르게 된다. 카드가 다른 사람의 것과 뒤바뀌기 때문이다. 심지어 진짜 바뀌었는지조차 알지 못한다. 카드를 섞는 사람이 바꾸는 시늉만 하고 원래대로 돌려줄 수도 있다. 섞는 사람 마음이다. 플레이어는 자기가 누구인지 불확실한 상태를 감내해야 한다. 원한다면 차례를 소비해 자기 직업을 확인할 수 있지만, 그러면 손해를 본다. 별다른 효과를 얻지 못하기 때문이다. 그런데도 내 경험상, 반복형은 자신이 무슨 행동을 할지 뚜렷하지 않은 이상 직업을 확인하는 행동을 자주 택했다.

반대로 상상형은 쉽게 속단한다. 나는 마스카라드를 잘하진 못하는데, 정보를 모아서 판단하기를 금세 관두기 때문이다. 내 직업이 무엇인지 몰라도 신경 쓰지 않는다. 상황에 따라 즉흥적으로 그럴싸한 직업명으로 행세한다. 무슨 일이든 일어날 수 있다고 여긴다. 그런 상태에서도 마음이 편하다. 이런저런 가능성이 열려 있으면 즐겁다. 다른 게임에서도 마찬가지다. 그래서 '딕싯', '옛날 옛적에', '텔레스트레이션'처럼 정답이 따로 없고 플레이어가 마음대로 상상하는 게임을 좋아한다.

　레거시 게임도 좋다. 대다수의 보드게임은 몇 번이고 반복해서 플레이할 수 있지만 레거시 게임은 1회용이다. 한 번의 플레이가 게임을 영구히 변화시키기 때문이다. 레거시라는 이름대로, 게임에서 일어나는 변화는 그 자리에 유산으로 남는다. 플레이어의 행동은 게임의 구성요소에 영구적으로 영향을 끼친다. 레거시 게임의 하나인 '팬데믹 레거시'는 카드를 찢어서 버리거나, 게임판에 스티커를 붙이거나, 직업 카드에 메모를 적도록 되어 있다. 구체적으로 어떤 일이 일어나는지는 플레이어들이 게임을 어떻게 진행하느냐에 따라 달라진다. 정말로 유일무이한 플레이를 경험할 수 있다. 그리고 한 번뿐인 대신 완전히 끝내기까지 시간이 오래 걸린다. 나는 팬데믹 레거시를 끝내려고 4개월 동안 같은 사람들과 다섯 번 모였다. 다들 세계를 구하기 위해 어떻게든 시간을 냈다. 상상형은 독특한 경험을 해서 만족했고, 반복형은 게임을 진행할수록 플레이에 익숙해진다는 점을 좋아했다. 장기적으로 시간을 들여 차츰 변화를 만드는 과정도 매력적이었다.

프린트닌자가 실시한 설문조사에 따르면* 보드게임을 플레이하는 사람의 41퍼센트가 매년 새로운 보드게임(또는 확장팩)을 5~10개 구입했다고 한다. 사실 27퍼센트는 30개 이상 구매했다. 세상에 보드게임이 얼마나 많은지는 알 수 없지만 전 세계 보드게이머들이 애용하는 게임 정보 사이트 '보드게임긱'(boardgamegeek.com)에 등록된 보드게임의 수는 14만 개가 넘는다. 그리고 나는 역시 '다 먹어보지 않으면 뭐가 제일 좋을지 어떻게 알아?'라고 생각한다. 취향에 따라 수많은 게임이 걸러지긴 하지만 그래도 한번 손대볼 만한 게임이 충분히 많다. 그러니 자주 만나요, 우리.

상상형(V)

○ 계획이 변해도 괜찮다.

○ 예쁘거나 이야기 있는 게임이 좋다.

반복형(C)

○ 내가 가진 정보가 많을수록 좋다.

○ 재밌었던 게임을 다시 하고 싶다.

*　techjury.net/blog/board-game-statistics

보드게임 플레이어의 8가지 유형

개척자
AIV(성취-견제-상상)형

"내가 먼저 갈 거야"
경쟁과 전략 추구
• 추천: 카탄,
테라포밍 마스

사업가
FIV(교류-견제-상상)형

"나만의 길을 갈래"
영향력과 파악 추구
• 추천: 아임 더 보스,
아발론

정복자
AIC(성취-견제-반복)형

"여긴 내 자리야"
확실한 성공 추구
• 추천: 황혼의 투쟁,
자이푸르

지휘자
FIC(교류-견제-반복)형

"난 계획이 있어"
예측과 대비 추구
• 추천: 팬데믹, 뱅

모험가
ASV(성취-자립-상상)형

"이렇게 한번 해볼까?"
새로운 시도 추구
• 추천: 메이지 나이트,
로빈슨 크루소

예술가
FSV(교류-자립-상상)형

"저기로 가볼게"
우연과 질문 추구
• 추천: 딕싯, 사그라다

연구자
ASC(성취-자립-반복)형

"이번에는 더 잘해야지"
탐구와 발전 추구
• 추천: 루미큐브, 아줄

동반자
FSC(교류-자립-반복)형

"나도 참가할게"
친밀감과 애정 추구
• 추천: 5분 던전

죽음마저 죽으리니

장례식에서

"그래, 장례식에서 바로 집으로 돌아가는 거 아니야."

사려 깊은 말이었다. 미안하게도 누가 말했는지는 잊어버렸다. 나는 병원에 마련된 장례식장에 있었다. 검은 옷을 입고 향을 꽂고 조의금을 내고… 그 자리가 으레 요구하는 일을 했을 것이다. 그러고는 발걸음을 떼기가 어려워서 주변을 서성였다.

처음 가보는 본인상이었다. 참여한 장례식 중 가장 많은 조의금을 냈다. 나는 그만큼 어렸다. 적은 나이는 아니었지만 본인상에서 능숙하게 행동할 정도도 아니었다. 능숙해지는 일이 가능하긴 할까. 어떤 친구들은 십대, 이십대에도 본인상을 숱하게 경험한다. 사람들은 숱하게 죽는다. 약한 사람은 싸움을 빨리 그만둔다. 강한 사람은 싸우다가 부러진다. 약함과 강함 양쪽을 다 가지면 더욱 일찍 떠나는 것 같다. 이들은 취약한 자리에 서 있다가 황망하게 가버린다. 남은 사람은 먼저 죽은 자의 속내를 짐작해볼 뿐이다. 그렇게 힘들었을까. 죄다 그만두고 싶었을까. 숨을 거두기 전에 후회스럽진 않았을까. 곁에서 좀 더 관심을 기울였다면 좋았을까. 내가 방문한 죽음은 비록 자살은 아니었지만, 그렇더라도 그는 충분히 젊었다. 장애로 고생스러워도 계속 공부하고 싶다고 했었다. 정체성과 싸우고 있었다. 싸우지 않으면 꺾이는 자리에 있었던 듯도 하다. 그는 휴학을 반복했다. 나는 또 휴학이라고만 생각하고 마지막인 줄은 몰랐다. 부고는 갑작스러웠다. 그리고 갑작스럽다고 느낀 내가 뻔뻔하다고 생각했다.

장례식에서 그대로 귀가하지 않은 건 우연이었다. 마침 같은 시간대에 장례식장을 찾은 조문객 중에 보드게임을 좋아하는 친구가 있었다. 우리는 보드게임에 영혼 일부를 내어주었고 서로 그 사실을 알았다. 장례식장을 떠나는 길에 남현경과 나는 자연스럽게 합의를 보았다. 설득하는 말은 필요하지 않았다. 그러니까 비슷한 마음이었나 보다. 놀고 싶은 마음은 아니었다. 어딘가 가고 무언가 해야 했다. "장례식에서 바로 집으로 돌아가는 거 아니야." 그 말이 퇴로를 가려준 느낌이었다.

죽음에 대해 무엇을 할 수 있을까.

쓸모 있는 죽음

보드게임을 하면서 죽음을 불가역적인 사건, 영원한

작별로서 겪을 일은 많지 않다. 플레이어의 캐릭터는 보통 죽지 않는다. 그들은 부활하거나 계속 보충된다. 진정한 죽음이라고 하려면 이름과 역할과 개성을 지닌 캐릭터가 영영 떠나야 한다. 내가 좋아하는 게임 중에선 '아컴 호러'를 비롯해 크툴루 신화를 차용한 일련의 게임이 플레이어 캐릭터의 죽음을 다룬다.

이제 대중적인 호러 설정으로 자리를 잡은 크툴루 신화는 H. P. 러브크래프트의 소설에 기초한 하나의 세계관을 말한다. 러브크래프트는 주로 1920~30년대에 활동하며 기이한 존재들이 등장하는 소설을 잡지에 게재했다. 그가 요절한 후 동료 작가인 어거스트 덜레스가 러브크래프트의 설정을 정리하여 세계관을 완성했다. 여기서 '신'들은 우주에 뿌리를 둔 거대하고 오래된 초월자다. 그들은 이질적이고 끔찍하며 차마 형언할 수 없는 존재이므로 인간의 이성으로는 그들을 이해하지 못한다. 보통 사람은 그들의 흔적을 마주하면 미쳐버리고 만다. 반면 그들은 인간에게 지극히 무심하다. 위대한 존재에게 인간은 한낱 필멸자에 불과하다. 우리가 일상이라고 믿는 세계는 얇은 껍데기일 뿐이다. 사물은 보이는 그대로가 아니다. 조금만 힘이 가해져도 베일은 허무하게 벗겨지고 진실된 세계가 모습을 드러낸다. 우주적 규모에서 개

개인의 삶과 희로애락은 무의미할 정도로 보잘것없다. 그렇기에 러브크래프트풍의 작품군에는 코스믹 호러라는 이름이 붙었다.

　　코스믹 호러를 사랑하는 사람들은 호러의 쾌감을 이야기한다. 보통 사람들은 섬뜩한 것을 한사코 부정하려 들지만, 코스믹 호러에서는 오히려 그런 것이야말로 기저에 깔린 진실이다. 섬뜩하다는 취급을 받아본 사람에게 이는 크나큰 위안이다. 러브크래프트는 작품에서 인종차별 등 혐오를 표출했는데, 그럼에도 그의 소설은 수많은 독자에게 (비판을 곁들여) 따뜻하게 받아들여졌다. SF 작가이자 비평가인 조애나 러스는 독자들이 어떻게 꺼림칙한 이야기를 읽고 안심하는지 말한다. "이 이미지들은 말해줍니다. 만일 네가 박해받는 외로운 부적응자라서 두려움에 떨고 있다 해도 너는 미치지 않았다고. 틀리지 않았다고."* 러스가 인용하는 에이드리언 리치의 말에 따르면, 호러가 전달하는 메시지는 "누군가 여기까지 와본 적이 있으며, 넌 혼자가 아니라는 것"**이다. 누

---

*　조애나 러스, 나현영 옮김, 『SF는 어떻게 여자들의 놀이터가 되었나』, 포도밭출판사, 2020, 154면.

**　같은 면.

군가 이미 끔찍한 상상을 해두었다. 괴물은 외로워하지 않아도 된다. 더군다나 호러가 극대화하는 공포를 경험하며 우리는 죽음을 다시 생각한다. 삶이 화창하기만 하지 않으므로 죽음은 공포스럽기만 하지 않다. 처음엔 생경하더라도 곧 익숙해지는 사실이다.

아쉽게도 보드게임은 코스믹 호러의 미덕을 완전히 발휘하긴 어려운 매체다. 본래 초월자들은 진정으로 기이하고 형언할 수 없는 존재여야 한다. 소설에서는 이런 면모를 얼마든지 살릴 수 있다. 반면 게임은 플레이어가 그들과 결전을 벌이도록 유도하곤 한다. 그들은 공격할 수 있는 대상으로 끌어내려진다. 비록 완전히 소멸시키긴 못해도 강림을 저지할 수는 있다. 플레이어는 적을 물리치고 세계를 구한다. 크툴루 신화를 사용하는 게임의 제작자들은 설정이 지니는 매력을 유지하면서도 플레이어에게 승리의 경험을 쥐여주기 위해 여러 장치를 고안했다. 예를 들어 '크툴루: 죽음마저 죽으리니'의 첫 에피소드에서 플레이어는 크툴루*를 곧바로 공격하지 못한다. 주어진 미션을 먼저 해결해서 크툴루가 인세(人世)

---

* 게임을 시작하기 전 선택에 따라 크툴루 대신 '하스터'를 상대할 수도 있다.

에 현신하도록 만든 다음에야 간신히 타격을 가할 수 있다. 게임 내내 크툴루의 존재감은 거대한 그림자로 작용한다. 더욱이 초월자답게 크툴루의 능력치는 지독하게 강하다. 싸움은 절망적이다. 플레이어의 캐릭터는 앞선 전투로 너덜너덜해진 채로 결전에 임한다.

죽음이라는 규칙이 작용하는 한 캐릭터는 한 번 죽으면 그대로 떠난다. 최후의 결전을 벌일 때는 더더욱. 캐릭터가 사망하면 플레이어는 그대로 퇴장한다. 자리에 앉아 살아남은 자들의 분투를 지켜볼 수밖에 없다. 그러니까 죽으려면 최대한 유용하게 죽어야 한다. 죽음마저 죽으리니를 플레이했을 때 내게는 마지막 차례가 남아 있었다. 판세를 보아하니 나와 다음 플레이어가 바로 크툴루를 해치우지 못한다면 우리는 패배할 예정이었다. 하지만 내가 모든 수치를 소모하여 일격을 가한다면 크툴루의 체력을 크게 깎을 수 있을 터였다. 그러면 다음 플레이어가 잘만 해준다면 크툴루를 물리칠 수 있었다. 내 희생을 바탕으로 우리 모두가 승리할지도 몰랐다. 나는 마음을 담아 주사위를 굴렸다. 기적처럼 주사위 눈이 제대로 터졌다. 극적인 경험이었다. 나는 죽음의 문턱을 넘었지만 우리는 초월자를 이겼다. 죽음마저 죽였다. 문제는 해결되었다. 두려움은 사라졌다.

유용한 죽음. 죽음의 쓸모. 게임에서는 그런 말을 해도 된다. 나는 죽음의 서사를 즐기는 데 익숙하다. 내 캐릭터는 효율적으로 죽었다. 그런데 때때로 묻게 된다. 그럼 현실의 죽음은? 누가 죽은 덕분에 우리가 승리했다든가, 적에게 일격을 가했다고 말해도 될까. 어떤 사람들은 사회가 변하길 갈망하며 죽음을 택한다. 무관심에 지쳐 분신을 각오하는 사람이 있다. 메시지를 남기고 뛰어내리는 사람이 있다. 그는 자기의 죽음을 사용하려 한다. 호소력 있는 서사를 창출하려 한다. 혹은 자포자기에 빠지는 것일지도 모른다. 삶에 넌더리를 내며 죽음 이후에 매혹되는지도 모르겠다. 내가 그 속을 어찌 짐작하겠냐마는.

살아남아 기억하는 사람으로서, 답을 듣지 못하더라도 나는 계속 묻는다. 당신의 죽음을 어떻게 받아들이면 좋을까.

당신 죽음의 이야기

김병운의 단편소설 「윤광호」에서 화자는 죽은 사람에 관해 쓴다. 게이 인권운동 단체에서 만난 '광호 씨'다. 광호 씨는 폐암으로 투병하다가 사망했다. 화자는 그 사실을 뒤늦게 전해 듣는다. 단체에서 같이 활

동했던 '밍밍'은 광호 씨 병문안을 갔던 경험을 말해
준다.

한번은 광호 씨가 어차피 이렇게 된 거 그냥
스스로 목숨을 끊는 게 더 낫겠단 말을 한 적이
있어요. 처음에는 투병이 고통스러워 하는 말인가
보다 싶었는데 조금 더 들어보니 그게 아니었죠.
광호 씨는 아무리 생각해봐도 자기 같은 죽음은
정치적으로 이용될 명분이 없다며 아쉬워하는
거였어요. 에이즈도 아니고 자살도 아니니
커뮤니티에 그 어떠한 자극도 주지 못하는 그저
그런 죽음인 것 같다고요. 몇 시간 차를 타고 문병
온 사람한테 그런 말을 농담이랍시고 하는 괴팍한
사람이 광호 씨였죠. 아니, 그건 우스갯소리가
아니었을 수도 있어요. 광호 씨라면 진지하게
그런 생각을 했을 수도 있죠.*

통계적으로 성소수자의 자살 위험은 지나치게
높다. 자살 시도, 자살에 대한 생각, 우울감, 폭력에

*   김병운, 『기다릴 때 우리가 하는 말들』, 민음사, 2022,
    91~92면.

노출된 경험도 모두 이성애자 집단보다 비율이 높다. 지인이나 연인의 자살을 경험하는 사람도 한둘이 아니다. 광호 씨의 사망 소식을 들었을 때 화자는 한순간 그가 자살했을지도 모른다고 생각한다. "그게 우리의 서사였고, 이런 소식이 까무러칠 만큼 놀라우면서도 동시에 넌더리가 날 만큼 익숙하다는 게 이 삶의 가장 미쳐버릴 것 같은 지점 중 하나"*인 탓이다.

광호 씨는 자살하지 않았다. 그는 수술과 치료를 거듭 받으며 계속 살고자 했다. 살아남으려 했다. 그의 사인은 어디까지나 병사다. 광호 씨의 죽음은 희생자의 서사에 그대로 들어맞지 않는다. 화자는 만일 광호 씨가 소설을 썼다면 어떤 서사가 나왔을지 생각한다. 적어도 이광수의 소설 「윤광호」처럼 비극으로 끝나진 않았을 것이다. 광호 씨의 이름은 본명이 아니라 이광수의 소설 「윤광호」에서 따온 활동명이다. 이광수의 소설에서 '윤광호'는 동성을 사랑하다 끝내 사망한다. 하지만 화자가 생각하기에 "내가 아는 광호 씨라면 어째서 우리는 소설 속에서마저 죽는 거냐며 볼멘소리를 했을 것이고, 일부러 더 밝고 유쾌하게 나아가는, 그리하여 결국 해피 엔딩에 도달하

* 같은 책, 120면.

고야 마는 우리를 보여주고 싶어 했을 것이다."*

　　그러나 광호 씨가 언제나 튼튼하고 든든했다고, 그의 죽음이 사회의 차가운 시선과 무관하다고 단정할 수는 없다. 밍밍은 묻는다.

　　앞에 서 있다는 이유로 당연한 것처럼 신변을 위협당하고 의무적으로 조롱을 감내해야 하는데, 최소한의 규제조차 없어 숨 쉬는 공기마다 노골적인 증오와 모욕과 낙인이 독성 물질처럼 부유하는데… 어떻게 몸도 마음도 건강할 수가 있겠어요. 그건 아무리 뱉어내고 씻어내도 얇게 핀 곰팡이처럼 계속 살아남아 온몸 구석구석 스며들어요. 괜찮은 사람도 괜찮을 수가 없다고요.**

　　폐암 판정을 받을 때 광호 씨의 폐는 유해 물질을 10년쯤 들이마신 사람처럼 상해 있었다. 그는 담배 한번 피운 적 없는 사람이었다. 광호 씨가 들이마신 해로움은 어디서 왔을까. 의사도 원인을 모른다고

*　　같은 책, 115면.
**　같은 책, 121면.

했다. 의학으로는 제대로 설명되지 않는 아픔이다. 여기에는 여러 이야기가 들어갈 빈틈이 있다.

암. 투병. 정체성. 죽음. 나는 다시 내가 방문한 장례식을 떠올린다. 내 친구의 죽음을 소설에 끼워 맞출 수는 없다. 그는 다른 사람이다. 그래도 나는 소설에 비추어 짐작한다. 광호 씨처럼 내 친구도 생존하려고 노력했다. 죽음과 삶의 경계를 극명하게 드러내는 몸을 애써 움직이며 삶 쪽으로 기울어지려고 했다. 그는 책을 읽고 공부를 하고 친구를 만나고 SNS를 하고 춤을 추고 농담을 하고 하고 싶은 일을 하고 다녔다. 누워서 죽어갈 수만은 없는 노릇이었다.

아니, 더 솔직해지자. 나는 그가 무슨 어려움을 어떻게 견뎠는지 정확히 모른다. 우리는 서로 친밀감이 있었지만 긴밀한 사이는 아니었다. 나는 그를 응원했지만 실질적으로 어떤 기여를 하진 않았다. 그래서 더욱, 사람이 죽는다는 사실이 기이하게 느껴졌다. 있던 사람이 없어진다는 것. 그대로 끝이라는 것. 시간이 다시 돌아오지 않고 기억이 다시 현실화되지 않듯 죽은 사람은 더는 말하거나 움직이지 않는다. 그것은 어딘가 불합리하다. 나는 그와 주고받은 마지막 인사가 뭔지 모른다. 그가 뭐라고 말했는지 제대로 기억나지 않는다. 그것은 정말로 어딘가 불합리하다.

그러니까 나는 그의 죽음을 어떤 이야기로 소화하면 좋을지 모르는 상태로 오랜 시간을 보냈다. 해피 엔딩? 감동적인 죽음? 안타까운 스토리? 아니면 그저 그런 흔한 비극? 어떤 키워드를 갖다 붙이든 쉬운 축약은 모욕으로 느껴진다. 어떤 이야기는 바로 축약되지 않는다. 김병운의 소설에서, 앞서 인용한 대로 화자는 광호 씨가 소설을 쓰면 해피 엔딩이리라고 생각한다. 그러다 금방 생각을 철회한다. 화자는 광호 씨를 잘 모른다. 그가 단언할 만한 사실은 "광호 씨는 무엇이든 쓸 수 있는 사람이었고, 우리에게 필요한 이야기를 더 많이 들려줄 수 있는 사람"*이라는 점이다.

그리고 화자는 기원한다. "언젠가 우리가 다시 만난다면 당신의 버전으로 당신의 이야기를 직접 들을 수 있기를."** 광호 씨는 이미 침묵하는 자가 되었다. 화자는 자기 버전의 이야기밖에 모른다. 그래도 그는 어렵게나마 글을, 이야기를 마무리하는 데 성공한다. 나는 당신의 이야기를 쉽게 가둘 수 없다. 하지

*   같은 책, 115면.
**   같은 책, 124면.

만 기억하려 한다.

장례식장에서 죽은 자의 흔적이라곤 영정 사진 밖에 없었다. 우리가 머물렀던 로비에는 특색 없는 의자들이 놓여 있었다. 우리는 각자 앉거나 서서, 그 순간에는 필요했지만 나중에는 기억하지 못할 대화를 나누었다. 무언가 말해야 한다는 이상한 부채감이 맴돌았다. 충분히 말해지지 않은 무엇이 어정쩡하게 남아 있었다. 이제 그 정체를 안다. 당신의 이야기가 충분히 말해지지 않은 것이었다. 당신은 이야기했지만 내가 소화하는 데 시간이 걸렸다. 내 버전의 이야기, 그러니까 애도가 제대로 끝나지 않은 거였다.

애도하는 언어

생물학자인 야스민 슈라이버는 반려 햄스터 '헤르미네'를 떠나보내고 『헤르미네와의 이별』을 썼다. 책은 생물학자가 보는 삶과 죽음, 그리고 살아 있는 사람이 겪게 되고야 마는 슬픔을 말한다. 모든 생명체는 죽는다. 우리는 죽은 이를 애도한다. 애도는 자연스러운 반응이다. 애도에 수반되는 수많은 '오작동' 역시 자연스러운 일이다. 인간의 애도를 설명하는 여러 이론적 모형이 있지만 실제 애도는 틀에 잘 맞지 않는다. 애도의 방법은 극히 다양하다. 그러면서 매우 동질적인 의미를 지닌다. 슈라이버는 자신의 소설에서 애도를 표현한 부분을 인용한다. "애도가 만약 언어라면, 나는 나처럼 이 언어를 유창하게 구사하는 누군가를 처음 만났다. 그는 단지 조금 다른 사투리로 말할 뿐이었다."*

이 비유에 따르면 나는 새 언어를 떠듬떠듬 배우는 중이었다. 기존과 다르게 발화되는 이상한 언어였다. 장례식장을 나온 나와 남현경은 보드게임 카페 '라임'으로 향했다. 낡은 소파와 그냥저냥 먹을 만한 음료가 있는 곳이었다. 장소가 특출나지 않은 대신 음료 한 잔 값으로 게임을 무제한 플레이할 수 있었다. 어린 시절의 나는 그곳에서 대낮부터 밤까지 시간을 보내곤 했다. 좁은 세계, 평안히 반복되는 나날을 누리던 때였다. 어른이 되고는 그곳을 찾은 적이 별로 없었다. 가게 문을 여니 오랜만에 보는 풍경과 익숙한 공기가 밀려들었다. 같은 공기일 리 없는데도 오래전 내가 숨을 쉬었던 흔적이 느껴졌다. 우리는 자리에 앉자마자 2인용 게임 목록을 살폈다. 죽음에

---

* 야스민 슈라이버, 이승희 옮김, 『헤르미네와의 이별』,
  아날로그, 2021, 275면.

대해서는 더 말하지 않았다. 더 생각하지 않았다. 크게 웃지도 않았다. 게임에 집중하고, 게임이 끝나면 다음 게임을 시작했다. '텔리 호!', '카후나', '로스트 시티', 그리고 '오딘의 까마귀'.

오딘의 까마귀는 북유럽신화의 신 '오딘'의 두 까마귀를 움직이는 게임이다. 신화에 따르면 둘은 매일 아침 세상을 돌며 정보를 수집해 오딘에게 보고한다. 두 까마귀의 이름은 후긴과 무닌. 후긴은 '생각', 무닌은 '기억'을 뜻한다. 게임에서는 플레이어가 각각 후긴과 무닌을 맡아 경쟁을 벌인다. 둘 중에서 오딘에게 먼저 도착하는 쪽이 이긴다. 오딘은 두 까마귀와 마법의 왕좌 덕분에 세상 곳곳의 일을 안다. 그는 지혜의 물을 마시기 위해 기꺼이 한쪽 눈을 바친 신, 집요하고 교활한 지혜의 신이다.

또한 오딘은 전쟁의 신이다. 그는 신들을 위해 최후의 전쟁에 임할 전사를 모집한다. 신화에 따르면 전쟁터에서 영광스럽게 죽은 전사는 신들의 전쟁에 부름을 받을 수 있다. 오딘의 늑대가 전사의 시체를 먹어 치우면 그들은 발할라에서 다시 태어난다. 오딘의 까마귀들 역시 첩자처럼 전쟁에 스며든다. 까마귀는 시체를 먹는 새다. 전투는 후긴의 잔치라고도 불렸다. 북유럽신화에서는 신들조차 싸움과 죽음을 피할 수 없다. 아름다운 발데르가 죽으면 서서히 라그나로크가 시작된다. 해와 달이 사라지고 로키의 자식들이 풀려나며 망자가 기어나온다. 신이든 거인이든 처절한 싸움 끝에 세상을 떠난다. 세계수(世界樹) 이그드라실과 아홉 세계 대부분이 불탄다. 극히 일부만이 살아남아 다음 시대를 연다. 그것이 운명이다. 북유럽신화에서 상실은 상수다. 오딘은 늘 전쟁과 죽음을 대비한다. 그는 자신이 쥔 것들이 언제고 사라질 수 있음을 안다.

오딘은 매일 까마귀들을 날려 보낼 때도 그들이 돌아오지 않을까 봐 걱정한다. 까마귀들은 오딘의 수족이고 그의 상징이자 일부다. 후긴과 무닌, 생각과 기억, 사고와 감정. 까마귀들이 그를 떠난다면 오딘의 힘은 반감되고 지혜는 빛을 잃을 터다. 생각이 흐트러지며 무력하고 불안정한 상태에 빠질 것이다. 상실에 흔히 수반되는 증상이다. 나는 오딘이 속마음을 내비치는 부분이 반가웠다. 신도 상실을 두려워하는구나. 마음에 담은 이를 잃으면 흔들리는구나.

나에게도 많은 까마귀가 있다. 당신들은 나의 까마귀이고 나는 당신들의 까마귀다. 당신은 나를 구성하고 나는 당신을 구성한다. 지금의 나는 나와 친밀했던 사람들 덕분에 존재한다. 누구를 상실하는 경험은 우리가 맺고 있던 유대 관계를 드러낸다. 미처 의식하지 못한 채로도 우리는 서로의 구성 요소가 된다. 나와 당신은 무관하지 않다. 주디스 버틀러는 '너'를 향한 애도와 '나'의 상실에 관해 말한다.

여기에 어떤 '나'가 독립적으로 존재하여 저기에 있는 '너'를 상실하는 것이 아니다. […] 내가 너를 잃는다면, 나는 상실에 대해 애도할 뿐 아니라 나 자신에게도 이해불가능한 존재가 된다. 너 없이 나는 누구로 존재하는가? 우리를 구성하는 이런 유대 관계 중 일부를 잃으면, 우리가 누구인지, 어떻게 대처해야 하는지를 알지 못하게 된다. 어떤 층위에서는 '너'를 잃었다고 생각하지만 결국 '나' 역시 사라졌다는 것을 발견할 따름이다. […] 나의 운명이 애초에 또 종국에 너의 운명과 분리될 수 없다면, 우리가 쉽게 반박할 수 없는 관계성이 '우리'를 가로지르는 것이다.[*]

[*]   주디스 버틀러, 윤조원 옮김, 『위태로운 삶』, 필로소픽, 2018, 50~51면.

나와 당신은 서로 속박되어 있다. 나는 당신을 잃으면서 우리를 함께 잃는다. 슬픔에 빠질 때 우리는 그 사실을 깨닫는다. 우리는 타인의 삶에 "치명적이지는 않더라도 불가역적으로" 휘말리곤 한다. 나의 삶은 독단적으로 존재하지 않는다. 온전히 내 힘으로 통제되지 않는다. 그렇기에 죽음은, 우리가 피할 수 없는 그 사건들은, 자꾸 우리를 휘청이게 만든다. 나라는 사람은 설명하기 어려운 방식으로 흩어진다. "내 서사는 비틀거린다. 그럴 수밖에 없기에. /사실을 인정하자. 우리는 서로로 인해 와해된다. 만약 그렇지 않다면 뭔가를 놓치고 있는 것이다."*

　　죽음을 돌이킬 수 없듯 변화 또한 영구적일 것이다. 그러므로 "애도는, 상실로 인해 우리가 어쩌면 영원히 변하게 된다는 점을 받아들일 때 이루어진다."** 나는 달라진 방식으로 생각하고 기억하려 노력해야 한다. 당신이 다시는 내 삶에 영영 등장하지 않으리라는 사실을 수긍해야 한다. 죽음이 나의 일부를 파괴했음을 포용해야 한다. 나는 당신을 게임처럼 반복해서 플레이할 수 없다.

*　　같은 책, 52면.
**　　같은 책, 48면.

보드게임 오딘의 까마귀가 진행되는 동안 오딘은 게임판의 끝에서 까마귀들을 기다린다. 눈에 보이지 않지만 그는 그곳에 있다. 그는 기다리고 까마귀들은 돌아간다. 그것은 매번 반복되는 약속이다. 게임은 언제나 까마귀가 오딘에게 돌아가야만 끝난다. 그것은 게임이 우리에게 선사하는 약속이기도 하다. 게임의 규칙은 현실보다 명료하고 굳건하다. 게임은 현실을 잘게 쪼개 우리가 꿀꺽 소화할 만한 것으로 다듬어준다. 게임 속에서 까마귀들은 어디로도 떠나지 않는다. 까마귀 말을 앞뒤로 움직이는 동안 우리는 순전히 게임에 집중했다. 명확한 규칙이 우리를 위로했다. 우리는 애도의 언어가 형성되기를 기다리는 중이었다.

게임의 유산

어떤 게임은 죽음과 닮아서 한 번밖에 플레이할 수 없다. 레거시 게임은 단 한 번 플레이하는 게임이다. 플레이어는 지시에 따라 카드를 찢어버리거나, 상자를 개봉하거나, 게임판을 변형해야 한다. 우리는 플레이를 돌이킬 수 없다. 같은 플레이를 반복할 수도 없다. 우리가 남기는 흔적을 온전히 끌어안아야 한다.

남현경과 나는 예전에 팬데믹 레거시를 같이 플레이했다. 전염병과 싸우며 백신을 개발하는 게임 '팬데믹'을 레거시 게임으로 발전시킨 거였다. 협력 게임이기 때문에 플레이어는 모두 같은 목표를 향해 움직인다. 솔직히 코로나19로 인한 격리 기간 동안 어찌나 팬데믹을 플레이하고 싶었는지. 우리가 언제 한번 모이기만 하면 백신을 개발할 수 있는데. 가는 곳마다 질병을 몰아낼 수 있는데. 우리가 온 세상을 구할 텐데. 사람들이 죽지 않도록 막을 텐데. 비록 게임 속 이야기에 불과할지라도.

내가 플레이한 팬데믹 레거시 시즌1은 오리지널 팬데믹을 열두 달 동안 플레이하는 구성이었다. 실제 시간으로 열두 달은 아니고 게임의 스토리가 열두 달에 걸쳐 진행된다. 달이 넘어갈수록 피해는 누적되고 미션은 어려워진다. 파괴된 도시들은 복원되지 않는다. 플레이어 캐릭터는 감염이 폭발적으로 일어나는 자리에 남아 있으면 상처를 입는다. 그러면 캐릭터 카드에 영구히 흉터가 남는다. '새로 시작한다'는 개념은 없다. 플레이어는 모든 불운, 착오, 어리석음의 총합을 알아서 감당해야 한다. 그리고 적극적으로 서로를 도와야 한다. 위생병은 앞장서서 질병을 제거하고, 과학자는 카드를 모아 백신을 개발한다. 운항관

리자는 캐릭터가 위험한 장소에 고립되지 않도록 구출하러 간다.

캐릭터는 성장하기도 한다. 그들은 점점 스킬을 얻으며 믿음직하고 유일무이한 존재로 자리를 잡는다. 특별한 유대 관계를 맺은 캐릭터끼리 시너지를 내기도 한다. 게임이 갈수록 어려워지기 때문에 캐릭터가 성장하지 않으면 버틸 수가 없다. 죽음은 치명적인 악영향을 끼친다. 캐릭터가 죽으면 그가 흡수했던 모든 요소도 함께 사라진다. 게다가 팬데믹은 각 직업당 캐릭터 카드가 한 장밖에 없다. 한 명이 죽을 때마다 그 직업의 특수 능력이 게임에서 영구히 사라진다. 죽은 자와 유대 관계를 설정해두었을 경우 살아남은 쪽은 영영 활성화되지 않는 스킬을 달고 다녀야 한다. 죽은 인물을 대체할 존재는 나타나지 않는다. 플레이어들은 어떤 캐릭터도 죽음에 이르지 않도록 피해를 나눠 입으려 하게 된다. 이 게임은 우리가 서로에게 의존한다는 점을, 함께 서로의 사람됨을 구성한다는 점을 보여준다. 우리가 혼자 대처하지 않아야 한다는 점을.

우리의 행동이 모두 유산으로 남는다는 점도.

남은 사람들이 그만두지 않으면 게임은 어떻게든 이어진다. 상실로 인해 영구적인 흉터가 남은 채로. 어떻게든 다른 방식으로.

　　나는 팬데믹 레거시에서도 승리를 거두었다. 모든 백신을 개발하고, 거대한 음모를 분쇄해 세계를 위기에서 구했다. 게임 속 사람들은 이제 안전하다. 해피 엔딩의 이야기다. 물론 현실의 전염병은 사라지지 않았다. 내 세상의 사람들은 계속 죽는다. 친구는 돌아오지 않는다. 우리는 죽음을 겪지 않을 수 없으므로 '모두 언제까지나 행복하게 살았답니다'라는 결말을 얻을 수는 없다. 약속된 끝은 없다. 그렇지만 이제 이야기를 끝맺을 수 있을 듯하다. 장례식 날에 2인용 보드게임을 플레이하는 동안 나는 우리가 열중하는 것의 정체가 무엇인지 몰랐다. 그때 우리는 감정을 분담하고 있었다. 현실을 함께 받아들이고 있었다. 무슨 언어를 쓸지 모르는 상태로 떠듬떠듬 대화했다. 같은 언어를 연습하고 있었다. 우리 자신의 이야기를 이어가기 위해 애쓰는 일이었다.

　　장례식장에서 화투를 치는 사람들을 생각한다. 우리는 그냥, 죽음을 옆에 두고 게임을 한다. 게임에 몰입하는 행위는 우리가 지나치게 상실감에 빠져들지 않도록 막는다. 침몰하지 않도록, 남은 사람끼리 새로운 관계를 형성하도록 돕는다. 그것은 소리쳐 부르는 행위다. 누군가 홀로 테트라포드 위에서 위태롭게 걸을 때 이리로 돌아오라고 부두에서 손짓하는 일과 같다.

죽음마저 죽으리니. 나는 이 말을 새롭게 읽는다. 우리는 남으리니. 상실은 사라지지 않을 테고, 나는 우리의 유산을 간직할 것이다.

전략 게임 못하는 사람의 인생 전략 짜기

프리랜서 게임 시작!

내가 알기로 인생을 전략적으로 사는 방법은 다음과 같다.

(1) 자기 위치를 정확히 파악한다.
(2) 장기적이고 구체적인 목표를 설정한다.
(3) 현 위치에서 목표에 도달하기 위한, 효율적이고도 실현 가능한 경로를 파악한다.
(4) 해당 경로를 실현하는 데 필요한 과제를 단계별로 산출한다.
(5) 과제를 수행하고, 그에 따라 경로를 수정 및 보완한다.

그런데 좀 살아보니 여기에는 아무래도 0번이 필요하다는 생각이 든다.

(0) 전략적으로 살겠다는 마음을 품는다.

돌이켜보면 나는 0부터 시작해 모든 단계를 어려워했다. 어릴 적 학교 수업에서 '30년 후 나의 모습'을 써내라고 했을 때 진심으로 난처했던 기억이

난다. 수업 시간이 끝나갈 때까지 거의 아무것도 적지 못했다. 머릿속에 질문이 뱅글뱅글 돌았다. '저는 그때 살아 있을지조차 잘 모르겠는데요? 아무 생각안 나는데, 이거 왜 해야 돼요?'

내 태도가 일반적이진 않은가 보다. 그런데 나같은 사람도 많은 모양이다. 나는 즉흥적이고, 반복을 싫어하고, 미래를 잘 생각하지 않는 부류에 속한다. 보드게임으로 치면 파티 게임이 어울리고 실제로 파티 게임을 좋아한다. 전략적으로 살았는지 따져본다면 내 인생 점수는 꽤 낮다. 어떤 사람이 되고 싶은지 불분명한 채로 지냈더니 지금은 작가가 되고 말았다. 작가가 전도유망한 직업이 아니라는 점은 큰 감점 요인이 아니다. 그보단 내가 오랫동안 작가는 되지 않겠다고 생각해왔다는 점이 치명적이다. 어린 시절 생각하기에 작가는 '예술가' 기질을 극히 갈고닦는 직업 같았다. 허구한 날 창작의 고통에 몸부림치고, 열등감과 회의감에 시달리고, 성격은 점차 우울하고 오만하고 괴팍해지고, 불규칙한 생활과 불규칙한 수입 때문에 갈수록 쇠약해지고… 안 그래도 내겐 불안정한 기질이 있는데 직업까지 '예술가'가 되면 어딘가 잘못될 것만 같았다.

작가가 되어 보니 걱정이 그럭저럭 맞았다. 다

만 나는 이 일이 나에게 아주 잘 맞는다는 점은 몰랐다. '이렇게나?' 싶을 정도로 만족도가 높다. 특히 출퇴근에 시달리지 않아도 된다는 점이 최고다. 멀찍이 피해 다니지 말고 진작 마음을 먹었다면 어땠을까. 내가 좋아하고 잘하고 원하는 것을 솔직하게 받아들였다면, 나의 위치를 판단하며 목표를 차근차근 세워보았다면, 굳이 다른 길을 찾느라 고생하지 않았을지도 모른다. 경험에 낭비는 없다고 생각하고 싶어도 솔직히 아까운 마음이 든다. 그러니까 나는 '왜 해야 돼요?' 하던 어린 시절의 나에게 해줄 말이 생겼다. 한껏 어른 행세를 해보자면 이런 내용이다. 목표가 없으면 길을 헤멘다. 너는 30년은 거뜬히 산다. 인생 참 긴데 마음 붙이고 나니 짧은 듯도 하더라. 하고 싶은 일 많이 하고 살려면 미리 앞날을 그려봐도 좋겠다. 장래에 대한 고민에 나쁠 거 없고 나름 재미도 있다. 이제 '왜?'는 안 궁금하다. 생계를 이을 책임이 생겼고, 이 일을 앞으로 평생 하고 싶어서 그런다. 어른이 되고 나니 내키는 대로 움직였다가 후회하는 것도 정도껏 해야겠구나 싶다. 반면 계획대로 움직여서 목표를 성취하는 경험도 해봤는데, 그거 하면 기분 좋더라. 아직 잘 모르겠으면 게임이라도 한다고 생각하고 한번 진로를 고민해보면 어떻겠니.

일단 해보겠다는 마음, 게임은 그게 된다. 특히 나 프리랜서 작가는 스스로 결정할 일이 많고 직업상 정해진 진로가 없다. 그렇게 자유도가 높은 점이 오픈 월드 게임처럼 보인다. 오픈 월드 게임에서는 말 그대로 세계가 열려 있으므로 플레이어는 어디로든 갈 수 있다. 사막이나 바다로 가서 풍경을 구경할 수도 있고, 자원을 캐서 퀘스트를 수행할 수도 있고, 이런저런 도구를 제작하는 데 집중할 수도 있다. 많은 오픈 월드 게임이 플레이어가 원하는 순서로 게임을 진행하도록 제약을 풀어둔다. 메인 스토리처럼 큰 줄기를 제외하면 플레이 순서에 정답이 없다. 이렇다 할 경쟁이나 전략도 없다. 더군다나 게임 속 세상은 시간이 무한정 흘러도 변하지 않는다. 영원한 연습, 영원한 유희의 세상이다. 현실에선 보상이 따르지 않는 액션을 반복하다간 쫄쫄 굶는다. 현실의 삶은 비싸다. 그러니까 먹고살려면 나처럼 현실감각 떨어지는 사람도 알아서 생계를 감안해 목표를 설정해야 했다. 삶이라는 오픈 월드 게임을 전략적으로 접근할 필요가 있었다. 어린 날을 돌이켜보며 우쭐댄 지금은 더더욱 모범적인 본보기가 되어야 할 듯했다.

그럼… 뭐부터 해야 하지? 마음을 먹는다고 없던 전략이 퍼뜩 만들어지진 않았다. 매뉴얼이 없으므로 나는 규칙을 파악하는 단계부터 애를 먹었다. 작가 생활 초기에는 별별 문제가 튀어나왔다. 예를 들면 내가 받는 원고료는 사업소득인가, 기타소득인가? 이건 이제 답을 안다. 정답은 사업소득이다. 사업자 등록이 되어 있지 않더라도 프리랜서는 사업소득 세율을 적용받는다. 혹여 업체에서 기타소득으로 신고해 원천징수가 되었더라도 나중에 환급받을 수 있다. 다만 강연비는 기타소득으로 들어간다. 기초적인 내용이지만 막상 접하기 전에는 몰랐다. 작가라고 하면 흔히 떠올릴 만한 문제도 어려웠다. 원고료를 얼마씩 받지? 계약서를 어떻게 검토하지? 일정 관리는 어떤 식으로 하지? 앞으로도 알아갈 것이 태산인데 정답이 나오는 질문은 별로 없다. 공동 작업실을 꾸려서 출퇴근하면 어떨까? 글을 잘 쓰기 위해 무엇을 배워야 할까? 나는 어디쯤 있는 걸까? 그런데 글 써서 먹고살 수가 있나? 애초에 이 일을 하는 게 잘하는 짓일까?

의사결정을 해야 하는데 생각이 너무 많아서 아무런 행동을 하지 못하는 상태를 '분석 마비'라고 한다. 연구를 참고하면 분석 마비는 크게 3가지 유형으로 나뉜다. 1번, 검토할 정보가 너무 많다. 2번, 정보는 있는데 질문이 계속 새롭게 나온다. 3번, 아무리 정보를 탐색해도 불확실성이 없어지지 않아서 결정하기 어렵다. 나는 정답이 없는 3번 유형으로 휩쓸려 가는 중이었다. 오래도록 고민하더라도 해소되지 않는 거대한 불확실성이 내 삶에 드리워 있었다. 친구 조수현에게 이런 이야기를 했더니 큰 한숨이 돌아왔다. "언니, 나도 그래. 앞으로 어떻게 될지 몰라. 뭘 하면 좋을지 알기가 어렵더라."

C. 티 응우옌은 이렇게 썼다. "게임에서는, 살면서 유일하게, 나는 내가 무얼 하고 있어야 하는지를 정확히 알고 있다."* 게임은 목표와 규칙을 명확하게 제시하고 변수를 간소화한다. 플레이어일 때 우리는 엔딩이 어느 방향에 있는지 명확하게 안다. 그리로 향하는 길에서 자신이 어디쯤 위치하는지 확인하기도 쉽다. 또한 지금 당장 무슨 액션을 할 수 있는지 금방 파악한다. 한국의 국민 게임으로 군림한 '부루마불'을 생각해보자. 부루마불의 게임판에는 칸마다 세계 곳곳의 지역이 표시되어 있다. 플레이어는 자기 차례에 주사위를 굴려 게임 말을 전진시킨다. 도착한 칸에 건물이 세워져 있다면 숙박비를 내야 한다. 만일 빈 땅이라면 두 단계의 선택지가 생긴다. 건

* 『게임: 행위성의 예술』, 108면.

물을 만들까? 만든다면 어떤 건물을 만들까? 초반에는 칸을 선점해야 하므로 가장 싼 건물을 세워도 괜찮다. 질보다는 양이다. 중반부터는 비싼 건물을 만들어서 실속을 챙기는 방법이 유리하다. 자신이 차지한 칸에 집중하는 일이다. 이외에는 고민할 요소가 별로 없다.

처음엔 양적으로 확장하며 유리한 위치를 선점하고 나중엔 질적으로 집중한다는 흐름은 전략 게임에서 상당히 보편적이다. 흐름에 한번 익숙해지면 다른 전략 게임을 해도 금세 적응할 수 있다. 카탄도 초반과 중후반이 다른 정석적인 전략 게임이다. 카탄에서는 건물을 지어 점수를 얻는 것이 목표로, 누군가 10점을 이루고 승리를 선언하면 게임이 끝난다. 초반에는 자원을 다양하게 확보하는 일이 관건이다. 이를 위해 서둘러 길을 놓고 여러 땅을 선점해야 한다. 그래야 다양한 자원에 접근하기 좋다. 중반부터는 길이 아니라 건물을 지어서 점수를 벌어야 한다. 길은 점수가 없으므로 이기기 위해서는 결국 건물로 내실을 다지게 된다. 건물 중에서도 도시를 만들려면 철이 필요하므로 게임이 중반을 지나면 철을 획득하려는 경쟁이 펼쳐진다. 그러니 게임의 어느 부분을 플레이하는지에 따라 내가 무슨 액션을 해야 좋은지 대강 정해진다. 불확실성이 굉장히 줄어든다. 다시 말해 3번 유형의 분석 마비에 빠질 위험이 크게 감소한다.

진로를 고민하며 '보드게임이라면 좀 아는데!' 라고 머리를 감싸쥐던 나는 순간 깨달음을 얻었다. 진짜로 일순간 평안이 찾아왔다. '프리랜서는 처음 이지만 게임은 알아! 좋아, 나는 지금 프리랜서 게임 을 플레이하는 중이다!' 인생도 직업 생활도, 전략이 필요한 게임이라면 전략 게임의 일반적 법칙을 도입 할 수 있다. 게임을 처음 시작한 신인은 자원을 확보 하기 위해 입지를 넓히는 단계를 밟는다. 체스 전략 으로 따지면 포지셔널 플레이가 어울린다. 이는 게임 이 어떻게 흐르든 유리할 위치를 점하기 위해 형세를 취하는 방식이다. 변수가 많고 목표가 명확하지 않 을 때 좋다. 전업 작가 생활을 시작한 후로 나는 이곳 저곳에 지면을 얻으려 하는 한편 '일을 너무 많이 벌 리는 게 아닐까?' 하고 고민했다. 전략 게임으로 치 환하니 초기 단계에 맞는 행동이었다는 판단이 섰다. 생각해보면 나는 전략 게임을 할 때 제일 전략적이었 다. 게임에 그토록 시간을 바쳤으니 이제는 게임이 날 도와줄 때도 되었다.

그리하여 전략 게임 플레이어의 마음가짐으로 프리랜서 인생의 전략을 짜기로 했다. 문제는, 나의

전략 게임 승률이 아무리 좋게 말해도 높다고는 할 수
없는 수준이었다는 점이다.

아등바등 스플렌더

게임을 잘 못한다면? 잘하는 사람을 참고하면 된다.
내가 같이 보드게임을 해본 사람 중에서 가장 전략 게
임을 잘하는 사람은 쟁이다. 제일 처참하게 패배했던
때는 나와 쟁의 점수 차이가 3배쯤 되었다. 그러니까
쟁은 나보다 적어도 3배는 게임을 잘한다고 말해도
될 것 같다. 플레이가 끝나고 쟁에게 내가 어떻게 플
레이했어야 좋았겠냐고 물었더니 답이 줄줄 나왔다.
나는 솔직히 70퍼센트만 알아듣고 속으로 감탄했다.
잘하는 사람은 다 생각이 있구나. 이 글을 쓸 때도 쟁
을 붙잡고 물어보았다. 인생을 전략적으로 살기 위해
전략 게임 잘하는 방법을 알고 싶다고. 쟁은 잠시 기
다리라고 하더니 며칠 뒤 A4 5장짜리 파일을 보내주
었다. 전략 게임을 유형별로 분류해 승리 전략을 요
약한 내용이었다. 잘하는 사람은 정말 다 생각이 있
었다.

　다시금 『게임: 행위성의 예술』을 참조하면, 우
리는 게임을 하면서 여러 행위성을 습득한다. 말하자

면 쓸 만한 스킬을 훈련하게 된다. 만일 '모노폴리'를 플레이한다면 우리는 악덕 자본가의 마음가짐을 장착하고 협상에 응하는 방법을 익힌다. 부루마불을 하면… 대박을 노리는 부동산 투기꾼의 사고방식을 엿볼 수 있지 않을까. 나는 쟁 선생님의 요점 정리 노트를 자습하며 내가 플레이한 게임을 되짚어보았다. 프리랜서 게임에 쓸 만한 요령을 배우려면 무슨 게임을 파고드는 게 좋을까? 생각해보니 스플렌더가 괜찮아 보였다. 스플렌더는 엔진 빌딩이 필요한 전략 게임의 정석을 갖추고 있다. 엔진 빌딩은 점수를 획득하는 기반, 즉 엔진을 구축하는 과정을 말한다. 여러 면에서 스플렌더는 인생에 비견할 만한 게임이다. 시작하기는 쉬운데 잘하긴 어렵고, 너무 치열하지 않으면서 적당한 상호작용이 발생하고, 몇 번을 해도 몰입해서 플레이할 수 있고, 버전이 여러 개라 어떤 건 예쁘고 어떤 건 귀엽고… 잠깐, 내가 지금 그냥 좋아하는 게임 이야기를 하고 있나? 솔직히 그렇다. 나는 스플렌더를 좀 좋아한다. 잘하는 사람이 워낙 많아서 내가 잘한다고는 못하겠지만 그래도 좀 해봤다. 게다가 스플렌더는 프리랜서로 사는 일과 좀 닮았다. 스플렌더를 기준으로 잡으니 프리랜서 게임의 요령도 좀 가닥이 잡힐 듯했다.

설정상 스플렌더에서 플레이어는 르네상스 시대의
보석 상인이 된다. 각 플레이어는 토큰을 이용해 바
닥에 깔려 있는 보석 카드를 구매할 수 있다. 카드를
구매하면 그 카드에 쓰인 승점을 얻는다. 가장 먼저
승점 15점을 얻는 플레이어가 승리한다. 여기서 인생
을 전략적으로 사는 방법 (1) '내 위치 파악하기'는 어
렵지 않다. 플레이어는 차례가 돌아오는 순서만 다를
뿐 출발 위치는 모두 같다. 다들 아무것도 없는 상태
에서 시작한다. 점수를 얻는 방식도 동일하다.

　　물론 현실은 게임보다 복잡하다. 실제 프리랜서
는 영점에서 시작하지 않는다. 다들 재능이든, 자원
이든, 경력이든 무언가를 갖고 있다. 토큰을 이미 몇
개 갖고 시작하는 셈이다. 그리고 게임과 달리 내가
가진 것이 얼마만 한 가치가 있는지, 어디에 쓸모가
있는지 알기까지는 시간이 걸린다. 실제 작업을 경험
해보지 않고는 체감하기 어렵다. 스플렌더의 경우 토
큰의 쓸모는 바닥에 오픈된 보석 카드에 의해 정해진
다. 카드마다 요구하는 토큰의 종류와 개수가 상이하
다. 똑같이 1점짜리 카드라도 어떤 카드는 검은색 토
큰 3개로 살 수 있는 반면, 어떤 카드는 파란색, 초록

색, 빨간색, 검은색 토큰 하나씩 총 4개를 요구한다. 그러니까 당장 검은색 토큰 3개를 갖고 있다면 비교적 좋은 카드를 바로 구입할 수 있다.

내 경우엔 SF 색깔의 토큰을 잔뜩 갖고 있었다. 전업 작가 경력은 몇 년 안 되지만 활동한 경력은 10년이 훌쩍 넘었다. 2010년에 이미 SF 관련 행사를 기획하고 진행을 맡고 잡지를 만들고 여기저기서 청탁을 받아 글을 쓰고 있었다. 나라는 존재를 인지하는 사람들이 꾸준히 있었다. 덕분에 작가가 되기로 마음먹었을 때 일감을 찾는 과정이 대폭 생략되었다. 가진 토큰으로 바로 카드를 획득했다. 작가의 길을 거부하는 동안엔 그런 게 토큰이 되리라고, 쓸모가 있으리라고 생각해본 적이 없었다. 어디까지나 그냥 좋아서 한 일이지 목표를 상정한 활동이 아니었다. 지금은 그 경험과 경력이 모두 유용하다. 나는 모아온 토큰이 바닥의 카드와 맞아떨어지는 자리에 왔다. 내 위치는 여기다. 이 생각을 하니 머리에 반짝 불이 들어왔다.

목표는 미리미리

스플렌더에서 플레이어가 획득한 카드는 영구적으로

이득을 준다. 이번에 검은색 보석 카드 1장을 얻었다면 나는 다음부터 검은색 토큰 1개를 덜 지불해도 된다. 카드를 모을수록 다음 카드를 획득하는 비용이 덜 들어간다. 그러니 점수가 없는 카드도 모으면 유용하다. 고득점 카드를 얻을 엔진이 되기 때문이다. 무슨 일이든 꾸역꾸역 해두면 경력에 보탬이 되는 경우와 비슷하다. 그리고 경력이 쌓일수록 일이 수월해진다.

이러한 설계로 인해 게임 초반에는 누구나 저렴한 카드를 구매한다. 1번 덱의 카드다. 스플렌더의 보석 카드는 3개의 덱으로 나뉜다. 광산이나 운반 경로가 그려진 1번 카드는 원석처럼 거의 가치가 없다. 토큰 3~4개면 구매할 수 있지만 점수는 높아 봐야 1점이다. 장인이 그려진 2번 카드는 그보단 비싸고, 상점가가 그려진 3번은 가장 비싸다. 그야말로 귀금속이다. 당연히 점수도 높다. 플레이어들이 3번 카드를 사들일 즈음이면 게임이 막바지에 이른다.

다시 말해, 바닥에 깔린 3번 카드는 게임 시작부터 중후반까지 그대로 유지된다. 스플렌더를 잘하려면 처음부터 어떤 3번 카드를 노릴지 목표를 정해두면 좋다. 인생 전략 중 (2) '장기적이고 구체적인 목표 설정'에 해당하는 점이다. 만약 목표로 삼은 카드

가 검은색 토큰 7개와 하얀색 토큰 3개를 요구한다면
(3) '목표를 향한 효율적인 경로'를 그릴 수 있다. 1번
과 2번 카드 중에서 검은색, 하얀색을 차근차근 모으
면 된다. 그중에 점수 있는 카드가 포함되면 좋다. 저
렴한 비용으로 얻을 수 있으면(내가 모으는 검은색,
하얀색을 주로 요구하는 카드라면) 더 좋다. 당연한
말이지만 엔진을 효율적으로 구축할수록 승점을 빨
리 얻는다.

   그렇다면 프리랜서 게임의 3번 카드는 무엇일
까? 사실 내 앞은 캄캄하다. 혹은 새하얗다. 스플렌더
에서는 카드가 오픈되어 있다. 플레이어는 누구나 카
드를 확인할 수 있다. 가치와 비용을 구체적으로 계
산할 수가 있다. 인생에는 그런 편리한 시스템이 없
다. 더군다나 프리랜서는 앞날이 불투명하기로 유명
하다. 나는 아직 마땅한 목표를 못 찾았다. 형편이 닿
는 한 작가이고 싶지만, 작가로 사는 방법도 여러 가
지다. 작년에는 대학원 진학, 회사 취업, 자격증 준
비, 전업 작가 생활 중에서 고민했다. 때때로 점이라
도 치고 싶었다. 내가 앞으로 어디로 가야 좋겠니? 그
래도 정말로 점을 치러 가진 않았다. 사주, 타로보다
전략 게임을 붙드는 쪽이 전략 면에서는 적중률이 높
지 않을까. 스플렌더라면 적절한 3번 카드가 없을 경

우 취할 만한 전략이 따로 있다. 귀족을 노리는 것이다.

귀족 타일은 일종의 보너스 점수다. 조건을 충족하는 플레이어가 나오면 그는 귀족의 방문을 받는다. 예를 들어 메리 여왕은 빨간색 4장, 초록색 4장을 가장 먼저 획득한 사람에게 간다. 이 전략은 목표를 미리 설정한다는 점에서는 3번 카드 전략과 같지만 효율을 계산하는 방법이 다르다. 귀족이 주는 승점을 노리려면 저렴한 카드를 여러 장 모으는 쪽이 효율적이다. 비싼 고득점 카드를 포기하고 1번 카드에 집중하여 엔진을 구축하는 방법이다. 자잘한 일이라도 같은 종류를 꾸준히 하다 보면 독자적인 전문성이 확보되는 것과 같다.

귀족의 조건은 3번 카드의 비용보다 저렴하다. 목표가 거창하지 않아도 된다. 대단한 일을 해내지 못해도 상관없다. 같은 색깔의 보석이기만 하다면 조건은 충족된다. 물론 게임의 승리 조건은 결국 승점이므로, 보통은 3번 카드를 목표하는 쪽이 승률을 높이기 쉽다. 그래도 귀족은 우리가 매번 점수를 얻진 못해도 괜찮다는 사실을 알려준다. 당장은 성과가 없더라도, 내가 목표하는 종류의 보석을 꾸준히 모으면 점수는 자연히 따라붙는다. 이는 나처럼 방황하는 사람이 택할 만한 최선이다. 더군다나 귀족을 통해 승리하는 일도 얼마든지 가능하다. 만일 모두 3번 카드를 노리는 상황에선 도리어 귀족으로 우세를 점할 수 있다. 정석을 비껴가는 경로가 유력한 정답으로 등극하는 경우다.

예측 불허의 가능성을 끌어안고

일찍이 신일숙 선생님은 『아르미안의 네 딸들』에서 명언을 남겼다. "미래는 언제나 예측 불허. 그리하여 생은 그 의미를 갖는다." 보드게임을 하다 보면 예측 불허의 상황이 당연해진다. 다음에 무슨 카드가 나올지 모른다. 다른 플레이어가 어떻게 끼어들지 모른다. (4) '필요한 과제를 제대로 산출'했더라도 (5) '상황이 변하는 바에 따라 경로를 수정'할 필요가 생긴다. 스플렌더라면 바닥에 원하는 색깔의 카드가 좀처럼 나오지 않는다든가, 얻으려고 했던 토큰이 똑 떨어진다든가, 내가 목표하던 카드를 누가 먼저 가져가는 등의 일이 벌어진다. 이는 게임을 설계하는 단계부터 전제된 변수다. 상황이 계속 변한다는 사실만이 상수다.

보드게임을 좋아한다는 말은 변동에 그때그때

대처하는 일에 친숙해진다는 의미일지도 모르겠다. 보드게임 플레이어는 모든 가능성을 계산하지 않는다. 예측 불허의 가능성을 안고 다음 행동을 결정한다. 때때로 분석 마비 상태에 빠져 괴로워하긴 해도 게임을 멈추거나 그만두지 않는다. 차례가 돌아올 때마다 목표를 향해 나아간다.

목표를 향한다는 점이 중요하다. 스플렌더에서는 카드를 구매하는 등의 3가지 행동만 허용된다. 플레이어는 어떤 행동을 취하더라도 게임의 목표를 향해 나아가게 된다. 효율적인지 아닌지 차이가 날 뿐이다. 반면 인생에서는 게임과 달리 모든 행동이 목표를 향해 쓰이진 않는다. 내가 취할 수 있는 행동은 무궁무진하다. 이 문장을 쓰는 나는 글쓰기를 그만두고 밥을 먹을 수도 있고, 옥상을 찾아가 상념에 잠길 수도 있고, 친구에게 메시지를 보낼 수도 있다. 나의 행동은 내 인생을 구성하는 것이지, 게임을 위해 설계된 것이 아니다. 내가 취하는 행동 중에서 프리랜서 게임의 목표를 향해 쓰이는 행동이 얼마나 되는지는 정확히 알 수 없다. 이 게임에서 내 행동력은 몇일까? 다시 말해, 나는 인생에서 얼마나 많은 행동을 목표를 향해 사용할 수 있을까?

그동안 쌓은 보드게임 경험에 따르면, 행동력이

많은 플레이어가 무조건 유리하다. 행동을 많이 사용할수록 게임의 목표를 달성하기 쉬워진다. 남들보다 유리한 위치에서 플레이하게 된다. 그렇다면 이렇게 말해볼 수 있겠다. 내가 하고 싶은 직업, 인생을 할애할 만한 게임을 고를수록 플레이가 쉬워진다. 역시 전략적으로 살려면 (o) '먼저 내 인생을 그것에 쓸 마음'이 들어야 한다. 나의 자원과 행동을 집중적으로 사용해도 좋을 만한 게임에 뛰어들어야 한다. 나한테 스플렌더는 꽤 즐거운 게임이다. 프리랜서 게임은 즐겁고, 더 잘하고 싶다. 이 마음이 강렬할수록 나는 게임의 목표를 향해 행동할 가능성이 높아진다. 그렇다면 모든 전략적 요령 이전에, 자신이 좋아할 수 있는 게임을 고르는 것이 가장 중요한 전략이다. 게임을 인생에 대입할 때 나오는 결론은 이거다. 좋아하지 않는 일은 그만두어도 된다. 우리는 지금 하는 게임을 바꿀 수 있다. 다른 게임, 계속할 만한 게임을 고르자.

게이머의 마음가짐

일을 그만둬도 된다니, 내가 너무 가볍게 말하는 걸까? 게임에서는 행동을 선택하기가 훨씬 쉽다. 게임은 규칙과 목표를 명확하게 지정한다. 승점 15점을 얻으면 이깁니다. 승점을 얻으려면 카드를 획득하면 됩니다. 이를 위해 당신은 3가지 행동을 할 수 있습니다. 각 행동의 기능은 이러합니다. 모든 행동이 목표를 향해 쓰인다는 점도 명확하다. 게임은 모호하고 난해한 현실 세계를 일시적으로나마 간단명료한 형태로 치환한다. 각 부분은 명료한 의미를 갖는 만큼 기능적으로 아름답다. 따라서 게임은 우리로 하여금 "기능적 아름다움에 대한 더욱 명료하고 인식적으로 신뢰할 만한 지각을 가능케"* 한다. 우리의 행동에는 의미가 있다. 어쩌면 그런 지각이야말로 우리가 게임을 통해 갈구하고 경험하는 최대의 가치, 혹은 게임에 몰입할 때 얻는 최대의 즐거움 아닐까? C. 티 응우옌은 이렇게도 말한다. "게임이 주는 가장 큰 즐거움 중 하나가 일종의 실존적 위안, 즉 일상 세계의 실존적 복잡성으로부터 도망치는 잠깐의 피난이다."** 이러한 휴식은 우리가 분석 마비로 좌절하지 않도록 기력을 북돋는다. 전략이라고 하면 눈살부터 찌푸리는 나도 전략 게임의 사고방식은 습득할 수 있다. 반짝,

* 같은 책, 109면.
** 같은 책, 108면.

불이 켜진다.

특히나 나는 선택지를 비교하는 데 서툴다. A와 B를 저울에 매달아 가치를 계산해야 하는데 자꾸 허둥댄다. A를 선택하는 것이 곧 B를 포기하는 것이라는 사실을 의식하지 못하곤 한다. 마음 같아선 이것저것 다 하고 싶다. 우선순위와 상관없이 지금 당장 전부 갖고 싶다. A를 집어 들고도 B를 향한 미련을 떨치지 못해 갈팡질팡한다. 하지만 게임이라면 재빨리 A를 중심으로 엔진을 구축하고 다른 건 과감하게 포기해야 한다. 그래야 점수가 잘 나온다. 전략 게임은 선택이 늘 포기를 수반한다는 사실을 내게 가르쳐주었다. 좋은 포기를 쌓아가는 것이 제대로 목표를 향하는 길이라는 점도. 게임은 늘 명료하다.

물론 하나의 게임이 담는 세상은 실제 현실에 비하면 지극히 협소하다. 게임의 명료함은 복잡성을 희생한 대가다. 미묘하고 추상적인 가치일수록 게임 세상에서는 소거되기 쉽다. 부루마불은 집을 부동산으로만 다루기에, 집이 사람다운 생활에 필수적인 공간이며 모든 사람은 주거의 안정을 보장받을 필요가 있다는 사실을 무시한다. 플레이어가 폭력적으로 행동하게 설계된 수많은 비디오게임의 위험성은 단순히 폭력을 간접경험하게 한다는 데 있지 않다. 특정

대상에 폭력을 행사하면 보상이 나온다는 사실을 계산하게 만드는 점이 위험하다. 세상을 게임으로 치환할수록 우리는 명료함의 환상에 빠진다. 끝내 명료해지지 않는 중요한 요소를 삶에서 밀어내게 된다.

　다행히 게이머는 게임을 하나만 하지 않는다. 게임 하나하나는 협소해도 상관없다. 충분히 다양한 게임을 플레이하고, 게임에서 익히는 행위성을 적절히 전환할 수 있다면 명료화로 인한 위험성은 보완된다. 오히려 게임을 즐길수록 정신이 튼튼해지기도 한다. 『게임: 행위성의 예술』을 읽으며 가장 공감했던 부분이다. 게임을 좋아하는 사람은 언제나 진심으로 이기고 싶어 한다. 하지만 이기지 못하더라도 진심으로 즐거워한다. 능숙한 게이머는 상쾌한 마음으로 플레이를 끝내는 방법을 안다. 플레이하는 동안에는 게임의 목표에 완전히 몰두하면서도 속으로는 그것이 곧 사라질 일회적인 목표에 불과하다는 사실도 알고 있다. 게임을 전환하면 그때마다 목표, 전략, 행위성이 모두 바뀐다. 목표 하나하나는 영원하지 않다. 실패나 패배는 영원하지 않다. 우리는 얼마든지 하던 게임을 정리하고 다른 게임에 빠져들 수 있다. 유동적으로 새로운 목표를 받아들이고 새로운 행위성을 연습한다. 다채로운 위치에서 세상을 인식한다. 그만한 힘이 우리에게 잠재되어 있다는 사실을 체감한다. 열렬하게 즐기는 힘, 단호하게 그만두는 힘. 패배하는 경험도 사랑하는 힘.

그러니까 보드게임은 매일 하는 달리기와 비슷하다. 전력으로 달려서 목표를 달성하면 기쁘다. 기록을 내는 데 실패하면 분하고 아쉽다. 어느 쪽이든 달리기로 인한 충만함이 남는다. 다음 날의 달리기는 또 새롭다. 그리고 달릴수록 점점 잘 뛰게 된다. 보드게임도 많이 할수록 기본 실력이 쌓인다. 숙련자는 자신에게 맞는 전략을 금방 찾아낸다. 목표와 규칙, 각 행동의 기능을 파악하는 경험이 쌓인 덕이다. 게임에서 게임으로 전환하는 경험을 통해 게이머는 자신이 몰두할 만한 게임을 찾아갈 용기를 얻는다. 나는 프리랜서 게임을 잘하려고 스플렌더를 참고했지만, 얼마든지 다른 게임의 요령을 접목할 수 있다. 스플렌더와는 다른 방식으로 목표를 설정하는 것도 가능하다. 이러다 내가 (0)'인생을 쓸 마음'이 확실하게 솟아나는 다른 게임을 발견하면 직업을 전환할지도 모른다. 내가 경험해온 수많은 게임이 내 판단을 지지한다. 이것이 내가 배운, 전략적으로 인생을 사는 방법이다.

나처럼 방황하는 사람에게 한마디 해도 된다면

이렇게 말하고 싶다. 우리는 게이머다. 살아 있는 사람은 말하자면 테이블에 앉아 있는 상태다. 우리는 다양한 게임에 참여할 준비가 되어 있다. 아무 게임도 하지 않으면 앉아 있기가 상당히 심심할 것이다. 반면 게임에 몰두하는 경험을 반복할수록 우리는 능숙해질 수 있다. 자, 무슨 게임을 할까?

그게 진짜 게임이라고

진짜 게임, 진짜 인생

나는 게임을 좋아하고, 소설을 좋아하고, 게임을 다루는 소설이라면 기대를 품고 읽어본다. 그중에서 김보영의 단편 「저예산 프로젝트」는 게이머가 감동으로 눈물 콧물 흘리게 만드는 걸작이었다. 화자는 천재적인 게임 시나리오 작가 '이세연'의 마지막 게임을 플레이한다. 두 여자는 한때 코딱지만 한 집에서 같이 게임 개발에 매진했던 사이다. 이세연은 좋은 게임에 대한 확고한 철학이 있었다. 돈은 안 되는, 남들이 잘 알아주지 않는, 그러나 게임의 정수를 꿰뚫는 신념이다. 예를 들면 이런 식이다.

더 깊이 생각한 대답.
이세연은 늘 그런 선택지에 더 재미있는
시나리오를 배치해야 한다고 했다. 그래야
아이들이 그 선택으로부터 배울 수 있다고.
선량한 선택이 더 나은 결과를 가져오리라 믿게
된다고. 마찬가지로 팀장도 사장도 투자자도
아무도 생각하지 않는 문제라, 시나리오 작가

혼자 생각해야 한다고 했다.*

　우리는 선택으로부터 배운다. 이세연은 게임이 무엇인지 제대로 알았다. 게임을 하면서 플레이어는 온갖 결정을 내린다. 영화와 달리 게임은 온전히 플레이어의 선택으로 진행된다. 우리가 개입하지 않으면 게임의 시간은 흐르지 않는다. 시나리오 작가는 플레이어의 선택이 어떤 의미가 될지 설계하는 사람이다. 좋은 이야기는 화려한 그래픽이나 대단한 보상이 없이도 우리를 게임 속 세계로 훅 끌어들인다. 플레이어는 자신이 게임 세계의 주축이라는 사실을 마음 깊이 체감한다. 이세연의 원칙에 따르면 게임 시나리오는 플레이어의 선택이 결국엔 빛을 발하도록 짜여야 한다. "몇 가지 선택은 운명을 크게 바꾸어야 하고, 엔딩은 충분히 많아야 하며 가장 만족스러운 엔딩을 얻기 위한 경로는 가장 어려워야 한다. 그리고 적어도 하나의 엔딩은 해피 엔딩이어야 한다. 왜냐하면 수백 시간의 플레이에 대한 보답은 비극이어

*　김보영 외, 「저예산 프로젝트」, 『엔딩 보게 해주세요』, 요다, 2020, 26~27면.

서는 안 되기 때문이다."*

이세연은 플레이어를 존중한다. 사람들이 게임 플레이를 가치 있는 경험이라고 느끼도록 설계하고 싶어 한다. 게임은 절대로 플레이어를 소외시켜서는 안 된다.

현실 세계는 우리를 소외시키지만 게임 세계는 우리를 참여시킨다. 이는 여러 가지 질문에 대한 답을 제공한다. 게임에 무슨 가치가 있을까? 우리는 왜 놀이를 좋아할까? 어떨 때 게임을 사랑하게 되는 걸까? 어째서 그토록 많은 사람들이 게임에서 위안을 얻을까? 상당히 많은 게임이 말초적인 자극을 제공하긴 하지만, 그것은 게임의 본질이 아니다. 시험 삼아 '내 인생의 게임'을 하나 골라보자.** 그 게임을

---

*   같은 책, 28면.
** 나는 이 글을 읽는 사람들이 게임을 충분히 많이
    플레이했으리라 전제하고 있다. '아무튼, 보드게임'이라는
    제목의 책을 집어 든 사람이라면 최소한 보드게임은 많이
    했을 테니까. 그러나 만일 당신이 게임을 잘 모른다면 게임
    대신 책을 떠올려봐도 좋을 것 같다. 게임과 책은 절대로
    동일하지 않지만, 우리에게 꼭 필요한 자극을 제공한다는
    점에서는 공통점이 있다. '내 인생의 책'을 골라보라
    했을 때 말초적인 자극 이상의 무언가를 떠올리게 된다는
    점도 비슷하다. 그리고, 그렇다, 나는 당신이 책을 많이

고른 이유를 생각해보자. 여러 이유가 나올 수 있겠지만 보통은 '잘 만든 게임이라서'나 '특별한 경험을 해서'라고 답할 듯하다. '스타크래프트'를 고른 내 친구는 출시된 지 20년이 넘었는데 아직도 새로운 전략이 나올 정도로 탁월한 게임이라서 골랐다고 대답했다. 나는 '영웅전설'을 고르고 싶다. 그 시리즈는 내가 처음으로 제대로 해본 RPG 게임이었고, 덕분에 나는 게임 캐릭터를 아끼는 마음을 배웠다. 당신이 고르는 게임은 '젤다의 전설'이나 '포켓몬', '크툴루의 부름'이나 '겁스', '보난자'나 '팬데믹', '포커'나 '바둑'일 수 있다. 뭐든 상관없다. 그 게임을 생각하면 떠오르는 기억과 감정에 주목해보자. 우리는 한때 그 게임 세계의 일원으로 속해 있었다. 게임에 몰입하는 동안 순전한 재미를 느꼈다. 어떻게 진행할지 선택하고 그 결과를 지켜보며, 무언가를 '하고 있다'는 감각을 경험했다. 잠시 현실을 잊고 마음껏 그 안에서 생활했다. 그런 경험의 흔적을 지금도 간직하고 있다. 좋은 게임은 우리를 다른 세계로 데려간다. 마법의 원 안에서 우리는 우리 자신이 주축이 되는 세계를 경험한다. 먹고살아야 한다는 부담을 벗고 무엇이

읽었으리라고도 전제하고 있다.

든 선택하며, 완연히 자기 자신이 된다. 그래서 이세연은 게임 제작에 매진한다.

우리 인생도 선택으로 가득해. 하지만 그래 봤자 내가 내 인생의 주인공이란 생각은 들지 않는다고. 왜냐하면 어차피 평생 갈 수 있는 길이 하나뿐이라면 결국 안전한 선택을 할 수밖에 없으니까…. 영웅적인 선택도 바보스러운 선택도 할 수가 없어. 원하지 않는 길을 어쩔 수 없이 가야 한다고. 그렇게 우리는 다 자신의 인생에서 소외되는 거야…. 하지만 게임은 그렇지 않아. 선택지가 나타났을 때 알게 되는 거야. '나는 저 모든 길을 다 갈 수 있겠구나.' 세계의 이면을 다 보고, 모든 가능성의 경로와 결과를 다 볼 수 있겠구나…. 그걸 알게 되는 순간 내 게임을 하는 사람은 세계의 주인공이 되는 거야. 그게 바로 게임이야. 그게 진짜 게임 시나리오라고.*

우리 인생에는 작가나 제작자가 따로 없다. 현실에는 통제하지도 파악하지도 못할 사항이 너무나

*   같은 책, 29면.

많다. 선택지는 불분명하고 모호하며, 우리는 간신히 그중에서 '현실적인' 선택을 하며 살아간다. 반면 게임 제작자는 플레이어의 선택지를 몇 가지로 압축한다. 시나리오 작가는 이야기의 흐름을 미리 설계해둔다. 게임을 하는 동안에는 규칙에 따라야 한다. 아무 행동이나 할 수는 없다. 현실에 존재하는 복잡한 가능성은 소거된다. 그래서 역설적으로 우리는 게임 속의 '모든' 선택을 해볼 수 있다. 선택지가 정해져 있으므로, 또한 얼마든지 새로 시도할 수 있으므로.

대개 보드게임에는 비디오게임과 같은 시나리오는 없다. 그러나 플레이어의 선택지가 압축된다는 점은 공통적이다. 플레이어는 그 안에서 수를 고른다. 부루마불을 생각해보자. 부루마불에서 승리하려면 플레이어는 돈을 많이 벌어야 한다. 하지만 남의 돈을 그냥 가져오면 안 된다. 게임에서 정해진 수단으로만 돈을 벌어야 한다. 축구를 하면 손을 쓰지 않고 공을 움직여야 하는 것과 마찬가지다. 주사위를 굴리고 나면 주사위 눈만큼만 이동해야 하고, 남의 땅에 도착하면 숙박비를 지불해야 한다. 빈 땅에 도착하면 건물을 지을 수 있지만 그에 맞는 건축비를 내야 한다. 하지만 어디에 얼마를 투자할지는 내 마음이다. 서울에 고급 호텔을 지어 인생 역전을 노릴 수도 있고, 자잘하게 별장을 많이 지어서 안전한 소액 투자를 지속할 수도 있다. 다시 말하지만 게임의 선택지는 명료하다. 덕분에 우리가 스스로 행동을 선택한다는 감각 역시 명료하게 느껴진다. 온갖 게임에서 나는 영웅이거나 바보이고, 선량하거나 악랄하고, 냉철하거나 비합리적이다. 이것도 저것도 모두 내가 자유롭게 선택할 수 있는 모습이다. 나는 게임이 제공하는 다양한 행위성을 학습한다. 부담 없이 즐겁게, 오로지 해보고 싶다는 마음으로.

그러니까 이렇게 말할 수도 있다. 진짜 게임은 우리에게 진짜 인생을 알려준다. 현실의 나는 미처 다 살아보지 못하는 인생이다. 현실 세계에서는 평범하게 한 가지 길만 걷더라도, 게임에서 나는 나를 확장하고 성장시킨다. 게임은 낯선 길을 마음 편히 시도해볼 특별한 자유를 제공한다. "미디어는 메시지다"라는 말로 유명한 마셜 매클루언은 게임을 현대 사회에 긴요한 대중 예술로 꼽았다. "우리는 무미건조한 세상 또는 직업적인 삶에서는 단지 존재의 아주 일부분만 사용할 수 있는데 장난과 놀이 속에서는 총체적인 인간으로 회복될 수 있기 때문이다."* 프리드

*   허버트 마셜 매클루언, 김상호 옮김, 『미디어의 이해:

리히 실러도 이렇게 적었다. "결국 한마디로 표현하자면, 인간은 완전한 의미에서의 인간인 경우에만 유희하고, 인간은 유희하는 경우에만 완전한 인간이기 때문입니다."*

물론 매클루언이나 실러는 하루에 16시간 넘게 꼬박꼬박 게임에 몰두하는 짓을 해보지 않았으리라 생각한다. 게임 폐인이었던 적이 없으니 게임을 찬양하기가 쉽겠지! 매클루언은 "게임이 없는 사람이나 사회는 자동으로 움직이는 로봇과 같이 무기력하게 정신 못 차리는 상태에 빠져 있는 좀비가 된다"**고도 썼다. 무기력하게 게임만 하느라 좀비가 되기도 한다는 점은 언급하지 않았다. 실제 게임 중에는 그들이 서술한 기능을 수행하지 못하는 것도 꽤 많다. 그래도 나는 마음 깊은 곳에서 그들에게 동의한다. 나는 좋은 게임들을 만났고, 게임에 삶의 일부를 저당 잡혔고, 그 대가로 게임은 내 인생을 즐겁고 윤택하게 만들어주었다. 꽤 괜찮은 거래다.

　　　인간의 확장』, 커뮤니케이션북스, 2011, 406면.
*　　프리드리히 폰 실러, 윤선구 외 옮김, 『프리드리히 실러의
　　　미적 교육론』, 대화문화아카데미, 2015, 138면.
**　『미디어의 이해: 인간의 확장』, 410~411면.

좋은 보드게임 고르기

그렇다면 어떤 게임을 해야 좋을까? 세상의 모든 게임을 플레이하기엔 인생이 너무 짧다. 나는 사들인 게임조차 다 못하고 있다. 참고로 프린트닌자의 보드게임 설문조사에서는 응답자의 절반 이상이 집에 1~25개의 보드게임을 갖고 있었다. 나머지 중에서 약 11퍼센트는 100개 이상을 갖고 있었다. 그런데도 이들은 새 게임을 사는 일을 멈추지 않았다. 앞서 인용했듯 전체의 41퍼센트가 지난해에 새로운 게임을 5~10개 샀다고 답했다. 24퍼센트는 11개 이상을 구매했다.* 그러니까 당신이 소장한 게임 목록이 계속 늘어나고 있다면, 그건 매우 평범한 일이다. 나는 더없이 평범한 사람이다. 질리지도 않고 구매 버튼을 누르고 있다. 게이머가 지옥에 떨어지면 엔딩을 보지 못한 게임을 전부 클리어해야 한다고 들었다. 보드게임을 끌어안고 지옥에 가면 악마가 같이 플레이해주지 않을까? 상당히 매력적인 고행이다. 하지만 나는 죽지 않았고, 사후 세계에서 누가 놀아주리란 보장도 없으니 살아 있는 동안 열심히 즐길 생각이다. 모

* printninja.com/board-game-industry-statistics

든 게임을 할 수 없다면 무엇을 먼저 플레이해야 좋을
까. 무엇을 소장하고 무엇을 처분할까. 어느 것이 좋
은 게임일까.*

적절한 난이도

우선, 당연한 말이지만 나한테 재미있는 게임이 내게
좋은 게임이다. 게임 개발자 라프 코스터는『라프 코
스터의 재미이론』이라는 책에서 자신의 게임 철학을
털어놓는다. 그에 따르면 게임은 모종의 학습 과정
이다. 재미는 학습이 성공적으로 이루어질 때 나오는
보상이다. 너무 쉬운 게임은 익힐 것이 없다. 따라서
지루하다. 반대로 게임이 너무 어려우면 짜증스럽게
지루하다. 규칙을 이해할 수 없거나, 도저히 할 만한
행동을 찾지 못하면 우리는 급속도로 의욕을 잃는다.
나는 이 까닭으로 수많은 게임을 그만두었다. 어른이

---

*   만약 당신이 평범한 게이머가 아니라면 '좋은 게임
     고르기'는 더욱 중요하다. 제한된 시간과 관심을 요긴하게
     사용해야 하기 때문이다. 혹 당신에게는 와닿지 않더라도,
     당신과 함께 보드게임을 하고 싶어 하는 주변 게이머에게는
     진지하게 고심할 만한 문제다. 그런 사람이 없다고? 당신이
     눈치채지 못했을 뿐일지도 모른다.

되었더니 체력도 인내심도 금방 닳는다. 여유 시간도 별로 없다. 그러니까 반드시 재미있는 게임을 해야 한다.

보드게임 시작하기가 부담스럽다는 사람들의 이유 중에는 매번 새로 규칙 익히기가 부담스럽다는 말이 있었다. 보드게임을 하다 보면 규칙 설명에만 30분 이상 걸리는 경우도 꽤 많다. 호기심으로 보드게임을 같이 해주는 선량한 친구 여럿이 이쯤에서 떨어져 나간다. "무슨 말인지 모르겠어! 정보가 너무 많아!"라면서. 복잡성이 과다하면 재미있을 수가 없다. 자신이 할 만하다고 느껴야 재미도 찾아온다. 그러니까 적절한 난이도는 좋은 게임을 고르는 첫 기준이다.

물론 게임에 한번 숙달되면 다른 게임도 쉽게 익힌다. 피아노를 잘 치는 사람은 대부분의 리듬 게임을 금방 잘한다. 전략 게임 요령을 달달 익힌 사람은 새로운 게임에서도 곧잘 요령을 파악한다. 게임을 많이 해볼수록 적절한 난이도의 게임이 늘어나는 셈이다. 당신이 어려워 보인다고 기피했던 게임이 나중에는 꿈에 나올 정도로 끝내주게 재미있어질 수도 있다.

다만 복잡성을 얼마나 선호하는지는 자신의 성

향에 달렸다. 질색하던 게임을 여러 번 해 봤자 계속 질색할 가능성도 충분하다. 나는 게임 경험이 쌓인 덕분에 그럭저럭 규칙을 빨리 익히는 편인데, 여전히 복잡한 게임은 좋아하지 않는다. 치열한 머리싸움도 싫다. 선택해야 하는 사항이 많을수록 나는 의욕을 잃는다. 대규모 전략 게임은 관심사 밖이다. 아무리 잘 만들었더라도 내겐 좋은 게임이 아니다. 이런 사실이 부끄럽지도 자랑스럽지도 않다. 정말로 취향의 문제이기 때문이다.

그러니까 만만한 게임으로 시작해서 조금은 어려운 게임으로 자리를 끝내면 좋다. 자신의 취향을 빠르게 파악하되 낯설고 어려워 보이는 게임도 한두 번씩 시도해보면 좋겠다. 당신이 재미있다고 느낄 영역을 늘리기 위해서. 새로운 세계를 경험하기 위해서.

마음에 드는 외양

외양은 정말 중요하다. 눈에 차는 게임이 플레이하기도 만족스럽다. 나는 '사그라다'를 전파하고 있다. 사그라다는 아름다운 건축양식과 스테인드글라스로 유명한 대성당 '사그라다 파밀리아'를 테마로 삼은 게임답게 대다수가 예뻐서 혹할 만한 게임이다. 심지어 규칙도 간단하다. 플레이어는 10라운드 동안 색색의 주사위를 골라 자신만의 스테인드글라스를 완성한다. 플레이어 간의 접점은 별로 없다. 다들 자기 게임판에 집중하면 된다. 1인 플레이도 얼마든지 가능하다. 송승언은 이런 '혼자만의 세계' 게임을 별로 좋아하지 않는데도 사그라다는 괜찮다고 말했다. 예쁜 구성품, 뛰어난 테마와 그에 맞는 퍼즐 덕분이다.

게임의 외양에는 윤리의 문제도 들어간다. 라프 코스터는 앞의 책에서 가상의 게임을 제시한다. 자, 우물처럼 생긴 가스실이 있다. 플레이어는 무고한 희생자를 그곳에 떨어뜨리는 일을 맡는다. 희생자의 외형은 제각각이다. 어린 사람, 장성한 사람, 뚱뚱한 사람, 키 큰 사람 등 다양한 사람이 던져진다. 바닥에 떨어진 희생자는 가스실에서 탈출하기 위해 타인을 밟고 올라선다. 만약 누가 밖으로 나간다면 당신은 게임에서 진다. 하지만 희생자를 잘 떨어뜨린다면 아래에 깔린 사람들은 가스에 질식해 죽는다. 이 게임을 잘하려면 당신은 희생자를 효율적으로 죽여야 한다. 이게 전부고, 반전은 없다.[*]

[*] 이 내용은 다른 지면에서도 다룬 적이 있다. 「당신 인생의

이 게임은 테트리스와 메커니즘이 똑같다. 그러나 매우 불쾌하다. 블록을 가지런히 떨어뜨리는 일과 사람들을 학살하는 일은 경험의 종류가 판이하다. 이렇듯 게임의 외양은 메커니즘만큼 중요하다. 어떤 게임이 취하는 폭력성, 선정성, 잔혹성, 혐오와 차별은 플레이어의 경험을 좌우한다. 누군가는 낄낄거리며 가스실 게임을 즐길 수도 있다. 하지만 대다수는 쾌감을 찾지 못하고 게임에서 소외될 것이다. 마찬가지 이유로 '푸에르토리코'의 외양은 즐겁지 않다. 플레이어는 각자 17세기경 스페인의 총독이 되어 푸에르토리코에 식민지를 건설한다. 이주민을 들이고, 농장을 짓고, 상품을 생산하고, 최대한 식민지를 부흥시켜 본국에 이바지하는 것이 목적이다. 오랫동안 좋은 평가를 받은 보드게임이고 이런 테마쯤 별로 신경 쓰지 않는 사람도 많다. 하지만 식민지 수탈을 즐기지 못하는 사람도 충분히 많다. 내가 푸에르토리코에서 태어났다면 이 게임을 아무렇지 않게 여길 수 있을까. 식민지 이름이 한국이었다면 어땠을까. '그냥 게임일 뿐'이라는 말은 부적절하다. 게임의 외양은 우리의 경험을 좌우한다.

게임」, 『경향신문』(2024. 1. 15.) 참고.

너와 내가 즐겁게 하는 게임

게임은 여기저기서 팔지만 친구는 어디에서도 팔지 않는다. 게임, 시간, 사람 3요소 중에서 사람 채우기가 제일 힘들다. 「친구 잃는 게임 아니에요!」에서 언급했듯이, 많은 게이머가 종종 낯선 사람을 포함해서 게임을 한다. 참고로 그들 대부분은 자기 집이나 친구네 집에서 게임을 한다고 답했다. 게임을 같이 할 사람이라면 기꺼이 집으로 초대하는 것이다. 아무리 좋은 게임이라도 함께 플레이해줄 사람을 구하지 못하면 찬장 속에 처박아두게 된다. 1인 플레이를 지원하는 게임이라면 그나마 손댈 순 있겠지만… 2인 이상이 플레이할 때의 재미는 또 다르다. 플레이어는 정말로 중요한 요소다. 네가 나에게, 내가 너에게 필수적이다. 더군다나 좋은 플레이어는 플레이를 몇 배로 즐겁게 만든다. 자연히 같이 게임을 플레이하는 사람들의 선호가 서로에게 영향을 끼친다. 나와 네가 모두 즐겁게 받아들이는 게임이 우리에게 좋은 게임이다.

　　실력이 엇비슷하게 맞춰지는 게임이면 더욱 좋다. 누가 일방적으로 잘하는 게임은 그에게는 너무 쉽고 남들에겐 너무 어렵다. 잘 만든 게임이라도 지루해지고 만다. 나는 한때 '할리갈리'나 '정글 스피드' 같은 순발력 게임을 너무 반복한 탓에 어딜 가든 압도적으로 이겼던 적이 있다. 그건 민망할 정도로 재미가 없었다. 그런 이유로 나는 김초엽과 스플렌더나 루미큐브는 숱하게 했지만 할리갈리는 딱 한 번 해보고 말았다. 우리의 스플렌더와 루미큐브 승률은 대충 반반이다(내 주장이다). 게임은 플레이어들이 서로 만만찮은 상대가 되어야, 결과를 쉬이 예측하지 못해야 끝까지 재미있다. 그래야 패배하더라도 여운이 오래 간다. 다음에도 또 플레이하고 싶어진다. 결국 남들도 재미있게 하는 게임이 내게도 좋은 게임으로 남는다. 내가 제일 잘하는 게임이 아니라고 해도.

만약 하고 싶은 게임이 있는데 같이 할 사람이 없다면? 사둔 게임을 영영 처박아두고 싶지 않다면? 온라인 동호회든, 지인의 지인이든, 낯선 사람을 환영해보자. 그리고 사람들을 친절하게 대하자. 입문자를 환대하고, 게임에 익숙지 않은 사람도 재미를 붙이도록 열심히 보조하자. 언제 기회가 올지 모른다. 누가 호적수가 될지는 사람들을 보드게임 늪에 빠뜨려보기 전에는 알 수 없다. 그리고 처음부터 다 잘하는 사람은 없다.

덧붙여 이 자리를 빌려 "게임 같이 하자!"는 말

에 호응해준 분들께 감사를 보내고 싶다. 공부하는 틈틈이 유혹에 넘어온 학교 동기, 선배, 후배 여러분, 얼떨떨하게 수락하고 묵묵히 즐겨준 작가 여러분, 특히 이다혜와 황예인에게 감사를 전한다. 둘은 "살면서 한 번도 보드게임이란 걸 해본 적이 없는데 괜찮나요?"라면서 게임을 위한 용기와 시간을 내주었다. 할리갈리, 보난자, 스플렌더, 팬데믹 등으로 이어지는 보드게임 기초 프로그램도 충실히 참여했다. 이제 두 분은 저의 소중한 동료가 되었습니다. 앞으론 레벨 업만 남았습니다. 도망갈 수 없어요.

게임이 끝나면

진짜 게임, 좋은 게임을 살폈으니 그다음으로는 게임 경험을 갈무리하는 이야기를 해야겠다. 우리는 게임을 하는 동안 놀이가 제공하는 마법의 원으로 들어간다. 현실의 무게를 잠시 잊고 게임 속 역할과 행위에 몰입한다. 게임이 끝나면 몰입에서 빠져나오며 몸을 이완한다. 묘한 충만함과 허탈감이 섞인 감각에 젖어 천천히 현실로 돌아온다. 시간을 확인하며 깜짝 놀라기도 한다. 잘 놀았다는 증거다.

이런 경험은 우리를 먹여 살리진 않지만, 우리

가 생생하게 살아가도록 한다. "미국 사회학자 윌리엄 I. 토머스는 우리의 삶을 추진하는 네 가지 근본적인 소망을 구분했다. 모험심, 안정감, 인정, 응답이 그것이다."* 여기에 조금 과장을 보태면, 보드게임은 우리의 모든 소망을 충족하는 훌륭한 놀이다. 모험심은 게임에서 얻는 온갖 새로운 경험으로 충족된다. 우리는 우연성과 긴장감이 지배하는 세계에 들어선다. 또한 일상에서는 하지 않을 거짓말, 공격, 도박을 한다. 못되고 탐욕스러운 기업가 행세에 충실할 수도 있다. 그래도 아무 문제가 생기지 않는다. 안정감은 게임이 어디까지나 게임이라는 사실, 그리고 철저히 규칙에 따라 전개된다는 사실로 보장된다. 우리는 게임을 하는 동안 안전하게 선택의 자유를 누린다. 인정은 게임에서 얻는 성취로 충족된다. 경쟁에서 승리하거나 훌륭한 플레이를 펼치면 우리는 인정을 받는다. 게임에 참여한 다른 사람들에게서, 우리 자신에게서. 응답은 우리가 주고받는 다양한 상호작용으로 채워진다. 보드게임은 주로 모여서 하는 게임이기에 우리는 게임 안팎으로 교류를 나눈다. 상대방의 행

* 노르베르트 볼츠, 윤종석 외 옮김, 『놀이하는 인간』, 문예출판사, 2017, 19면.

위에 대응해 수를 두는 동시에 잡담을 나누고 친밀함을 공유한다. 보드게임을 즐기는 데는 별개의 보상이 필요치 않다. 좋은 게임은 우리를 근본적으로 충족시킨다.

그리고 앞서 말했듯이 게임은 진짜 인생을 누리도록 도와준다. 게임 속 경험이나 성취는 현실이 아니다. 현실이 아니라서 명료하고 매혹적이다. 현실과 다른 세계이기 때문에 마법이 힘을 발한다. 다양한 게임이 삶을 다양하게 채색한다. 우리가 다시 일상으로 돌아갈 때, 게임은 그 자리에 남아 우리를 배웅한다. "마치 내가 그간 어떤 선택을 했든, 어떤 길을 걸었든, 우리가 어떤 다툼을 했든, 모든 일들은 세월에 마모되고 윤색되었고, 가장 아름다운 추억만이 이 자리에 남아 빛나고 있다고 말하듯이."

나를 만든 세계, 내가 만든 세계
'아무튼'은 나에게 기쁨이자 즐거움이 되는,
생각만 해도 좋은 한 가지를 담은 에세이 시리즈입니다.
위고, **제철소**, **코난북스**, 세 출판사가 함께 펴냅니다.

아무튼, 보드게임

초판 1쇄 2024년 4월 20일

지은이 심완선
편집 이재현, 조소정, 김아영
디자인 이지선
제작 세걸음

펴낸곳 위고
등록 2012년 10월 29일 제406-2012-000115호
주소 경기도 파주시 돌곶이길 180-38 1층
전화 031-946-9276
팩스 031-946-9277

hugo@hugobooks.co.kr
hugobooks.co.kr

ⓒ심완선, 2024

ISBN 979-11-93044-14-8 02810